怪獸國有煩惱
許亞歷◎文
許珮淨◎圖
何必無小舖

理想的語文讀本

大人愛讀故事，小孩更愛。

如果故事有趣，便能帶來內心的愉悅，想持續看下去；如果故事還能隱含語文讀寫能力的學習呢？那就是理想的語文讀本了！

亞歷老師在這本書的架構安排上，主要由兩個系列所組成，分別是「怪獸們的煩惱」與「不請自來的不速之客」。

「怪獸們的煩惱」以「全知」（或者旁觀者、他

人）的角度書寫，讓讀者能在不同人物想法與描述之間穿越，豐富的敘事內容不僅能讓孩子印象深刻，更隱隱吸收其形式的特色。

每則故事結束後，便會以「百憂解寫作錦囊」羅列該故事的三項核心寫作重點，附上例句說明，提煉詩文重要的寫作技巧，例如：寫物的互動、寫封信給自己、敘事拼圖、使用說明等，分別指向了十二年國教國語文寫作素養所需的五大類表述方式的基礎書寫，既有趣，又能學到能力。

在十二則小故事之後，迎來的是「不請自來的不速之客」。此部分也是十二則故事所組成，特別的是，每則故事開頭皆有「不速之客檔案」，先略為簡介，故事一開始，便以第一人稱「我」的視角展開故事的敘寫。由於每則故事的人物特質皆不同，故事的情節也就有了各自的發展，十分吸引孩子悠遊於故事的世界。儘管故事精彩，亞歷老師總不忘用心鋪埋每則故事欲引出的寫作技巧，在文末的「不速之客寫作伴手禮」呈現了不同文類的寫作指導，例如：景物書寫、詳細描摹、時事議論等。此部分亦完全呼應寫作素養所在意的「生活情境」、「學習策略」與「問題解決」等原則。

此書，尚有一項重要的特色，即是蘊含了當今「素養」最重要的取向——情意、態度的潛移默化。這二十四篇文章，不只是有趣、詼諧的章回故事，也不只是讀寫完美結合的寫作學習材料，更是培育孩子正向積極、溫暖善良的好故事。當然，這就是我們夢寐以求的最佳語文學習文本，特此推薦。

許育健

（國立臺北教育大學語文與創作學系教授）

角色介紹

小不點怪
泰妮

害羞獸
小曖

倒立怪
甲由與昱音

吞吞怪
咕啾

獨眼怪
力力與大大、阿睞、睨睨

噴火怪
亂亂

智慧獸
威斯頓

尖鼻獸
聞文、嗅秀、小諾斯

怪獸國特有生物
千尾鳥
收音獸
阿波
迷你獸
史摩
遷徙獸
遊俠、迢哥、遠妹
跟蹤怪
阿巡
黑白獸
小歪、太極

目錄

第二部 不請自來的不速之客！

第一部 怪獸們的煩惱

春天的戀愛運

「老爸，你說說看，春天是什麼季節？」倒立怪甲由的女兒——昱音，最近突然變得怪裡怪氣，老是怔怔輕嘆，偶爾拋出一問，讓甲由摸不著頭緒。

「春天，是萬物復甦的好時節，大地汰舊換新，跟我們『倒轉骨董店』收購舊貨的經營模式恰恰相反啊！」甲由說道。

怪獸國春天來了

「哎，才不呢，春天是戀愛的季節啊！」昱音的口吻，彷彿甲由給出的答案是全世界最令人失望的回答，接著又吁了好長一口氣，貨架的積塵跟著紛紛揚起，與她呼應一陣，才心不甘情不願落回舊物上頭。

手中的抹布滑過一件件骨董，昱音漫不經心想著：

每到春天，噴火怪餅乾店就會推出限量的「山茶花甜蜜派」，連跟蹤怪阿巡叔叔的偵探社都會舉辦「重拾初戀悸動」的尋人活動，只有爸爸的骨董店依舊死氣沉沉，待久了，戀愛運勢都要降到谷底囉！

昱音那麼在意戀愛運，都是因為呆杏實在太遲鈍啦！自就讀「學倒立幼幼班」算起，昱音認識呆杏已經十五年了，青梅竹馬的情誼漸漸轉為傾心。

倒轉骨董店舊物促銷

前陣子，昱音試探的問：「樹還是小種子時，就日日與太陽為伍，你覺得樹喜歡太陽的陪伴嗎？」

木訥的呆杏卻不解風情的回答：「我又不是樹，怎麼知道呢？」惹得昱音又羞又氣。

為了轉移注意力，昱音提議舉辦拍賣會，除了出清商品之外，也活絡店內氣氛。老爸甲由看女兒一副躍躍欲試的模樣，當然樂見其成。

昱音緊繃的眉頭鬆開了，喃喃自語：「首先，我得策畫出完美的促銷活動，並以此製作型錄，再投遞到家家戶戶，廣為宣傳！」

可是，把四處蒐集的超市、百貨公司傳單和商品目錄攤滿桌面，認真研究後，昱音發現各家的促銷活動不適用於貨物五花八門的倒轉骨董店。

雜貨舊物缺乏一套分類邏輯，難以統整出拍賣方案，比方說除非剛好有需要，有誰買了一把老梳子後，還願意看在折扣的分上，購入舊得棉絮凋零的拖把呢！

以情詩為骨董配對

迷惘的昱音凝視迎賓展示櫃上的矮胖茶壺，彎翹的壺嘴留著前任主人粗心磕碰的缺口，她順著壺嘴上揚的方向看去，恰好指往對面貨架的高腳杯——多像一位老實的平民，隔著難以消除的階級，遠遠單戀著高高在上的貴族呢？

昱音對自己起了這樣的聯想感到相當滿意，立刻為兩個物品拍攝檔案照，並提筆寫下：

茶壺迷戀高腳杯
噘起嘴
輕輕拋出一吻
吻卻飛得不夠高
墜落在透明的長腿邊

「在浪漫的春天，以情詩做為推銷文案，應該很吸引人吧！」一整天，昱音在店裡流連逡巡，為骨董「配對」寫情詩。原本八竿子打不著的骨董們，有的結為佳偶，有的是歡喜冤家，當然也有些成了昱音苦戀心境的代言人。

很快的，型錄就編輯印製好，分送到怪獸國的每個信箱。

情詩1：字典愛上放大鏡

拍賣會當日，倒轉骨董店湧現未曾有過的怪獸潮，每位顧客都攜帶著標題為「骨董店的戀愛運：失散情侶團圓拍賣會」的型錄冊報到，如尋寶家一般，實踐探勘精神，又似愛神般懷抱神聖使命，對照著型錄冊上的照片和情詩，想將落單在貨架上的「情侶」一一尋獲，成對買回家。

跟蹤怪阿巡不愧是偵探社社長，一下子就找到商品，結帳時，他攤開型錄對甲由說：「我原本只想買放大鏡當偵查工具，但一讀到這首詩，我怎麼忍心讓字典失望呢？」

字典愛上放大鏡
只有放大鏡珍視它吐露的每一個字
放大意義
仔細推敲

尋物沒那麼順利的智慧獸威斯頓一聽，笑著往結帳處喊：「那我得借你的放大鏡一用了！」威斯頓鎖定的情侶檔，體積實在太小了，就算有三顆大眼睛，也找得視線昏花。

情詩2：鋼筆與飛鏢之戀

阿巡擦亮鏡面，握著放大鏡滿是斑駁刮痕的木質把手，隨著朗誦詩句的威斯頓穿梭搜尋：

鋼筆愛慕飛鏢
瞬間投往目標的果斷
飛鏢瀟灑回應：
我最想命中的
是你將一瞬
書寫為永恆的心呀

躺在骨董店一角的飛鏢，果然將鏢尖瞄準筆架上的鋼筆。

就這樣，一首首小情詩引領絡繹不絕的顧客購入雙雙對對的舊物，當最後一組情侶檔——梳子與拖把也被帶走後，昱音看著清空的貨架，忙得不亦樂乎的心情被一股惆悵取代：哎，該不會最後整間店只剩我還是孤伶伶的吧！

倒立怪的新戀情

隔天早晨，三聲洪亮的鐘響一如以往，自鐘樓傳遍全國，單戀的、熱戀的、失戀的，以及準備展開戀情的怪獸們都起床了，只有為特賣會傾盡精力的昱音還在被窩裡熟睡。

獨自前往骨董店開工的甲由，遠遠便看見一道焦急的身影，用倒立的雙手在店門口來回「踱步」。

「呆杏，你來晚了，特賣會昨天已經結束啦！」見到甲由，呆杏側身一翻立正站好，謹慎說著：「伯伯早，這是我設計的促銷方案，還請您轉交昱音，謝謝您！」

那是一張手繪傳單：

春天的最後特賣

樹木愛上太陽，
於是努力伸長枝椏，
期待有天
能牢牢牽住陽光。

看著呆杏的字跡，這樹想必是呆杏名字裡的「木」，太陽則是昱音兩字的「日」吧──兩隻小倒立怪也從兩小無猜的年紀，來到傾訴衷情的階段了！

春天果然是戀愛的季節啊，甲由這麼想著，突然覺得空蕩蕩的骨董店也洋溢了爛漫的春光。

百物戀愛中

梳子如果有情感，會愛上誰呢？會是相愛還是暗自單戀？太陽如果愛上一雙眼睛，會發生什麼事？也許梳子愛上了頭髮，每天輕柔的為頭髮按摩，不求回報；太陽發射熱烈的光芒想引起眼睛注意，卻被墨鏡阻擋在外。

如果萬物有情，它們會上演哪些戀愛戲碼呢？是單戀、熱戀，還是失戀？這是極富想像力的創作練習，不妨從以下三個角度為萬物「牽起紅線」——當然，除了創意之外，更需要一顆浪漫的心喔！

A 形貌——從物品的外觀、姿態聯想

範例：

拖把仰慕梳子細密整齊的梳齒，它款款告白：「但願有一天，我的布條不再糾結凌亂，與你成為匹配的一對。」

B 功能——從物品的使用方式、目的聯想

範例：

梳子負責梳理，以「整」為業，它向擅長清潔的拖把求婚：「我倆一整、一潔，攜手即為『整潔』，可不是天作之合嗎？」

C 互動——讓兩者產生交集，有所互動

範例：

梳子愛上拖把，奮不顧身從梳妝臺墜落，只為輕輕梳過拖把溼漉漉的秀髮。

寫作小練習

試著以「百物戀愛中」為題，想像不同物品間可能擦出的愛情火花，以短文或短詩，書寫一到三組的「萬物情侶檔」。

無所不在的我呀！

「我不想當『我』了！」週五剛入夜，小不點怪泰妮的遠房表哥——迷你獸史摩，雙手空空，出現在泰妮家門前，氣嘟嘟宣告自己翹家的原因。街燈自街尾一盞盞陸續朝街頭的泰妮家點亮，把史摩的身形映襯得更小，彷彿一眨眼，他就會如同跳電的燈火般消融於夜色之中。

迷你獸史摩的煩惱

迷你獸是怪獸國體型最小的一族，露珠大的泰妮一站在表哥史摩身邊，忽然顯得魁梧高壯。

「什麼叫你不想當『你』啊？」泰妮問。

「當『我』有什麼好呢？一點存在感也沒有！」原來，史摩是個摔角迷，怪獸國的每場摔角爭霸賽，他總會到現場支持，感受擂臺上較勁的汗水與熱血。但站在臺下加油，漸漸無法滿足史摩對摔角的喜愛——他想成為摔角選手！

　　這個夢想換來的盡是婉轉勸退和無情奚落，尤其是爸爸和姐姐幾乎異口同聲：「你這麼小隻，還沒來得及動作，對方一哼，你就像一粒沙一樣，被吹下臺啦！」媽媽雖沒開口，擔憂的神情依舊表明了立場。

　　「總之，我討厭自己的微不足道！」已入座客廳的史摩餘怒未消，重重捶了一下沙發扶手，扶手布面只是起了若有似無的褶皺。

　　「那你覺得當什麼才有存在感？」泰妮溫柔理性說著，歷經幾期《小怪大想》雜誌的採編作業，她成熟不少，「我可以陪你一起找答案啊！」

尋找「我」之旅

　　隔天，泰妮邀請史摩參觀「藏音室」，聲館長收音獸阿波帶著他們拉開聲音抽屜，一格格聆賞，甚至連在不臨海的怪獸國難得一聽的浪花碎響，都能親耳聽聞呢！

　　「這麼多聲音，選一個代表自己的話，你會挑哪個呢？」泰妮突發奇想的問史摩。

「應該是槌子往銅鑼用力一擊的共鳴聲吧！」史摩想了一下說道。

「那聲音聽了全身又癢又麻呢！為什麼是這個聲音呢？」泰妮好奇追問。

「我一時也說不清，只是靠直覺回答罷了！」史摩聳了一下肩膀。

向阿波道別後，表兄妹倆到怪獸森林公園野餐。和風中，鈴蘭花像成串小搖鈴輕輕晃動，泰妮坐在花影下，抬頭看著鐘形花蕾：「我從小就覺得自己像鈴蘭花，看起來小家碧玉，可是全株帶毒──潑辣得很呢！你又像哪種植物呢？」

史摩環視公園，伸手一指，「妳有看到公園盡頭，氣根沿著牆面下垂生長，鑽裂壁面的榕樹嗎？我就是那棵樹！」

「這麼高的樹耶！為什麼呀？」泰妮看向史摩，史摩雙手枕著後腦仰躺，身影一下子消失在草叢中。

隔著亂蓬蓬的草葉，泰妮想瞧清楚史摩的表情，卻只聽見他說：「哎呀，泰妮，妳是在做雜誌專訪嗎？怎麼一定要打破砂鍋問到底呢？」

如果我是樹，我會是……

傍晚，他們一回到泰妮家，就看到迷你獸爸爸阿毫坐在客廳裡。

「跟我回家吧，為了不可能的夢想離家出走，太胡鬧了！」即使身體這麼小，阿毫嚴肅的表情卻像是占據了整個客廳，令人感到壓迫。

「我不要，爸爸，你也許認為迷你獸家族從來沒有摔角手，但我可以當第一個啊！」公園那棵高大的榕樹浮現在史摩的腦海，形成一首短詩，史摩脫口而出：

我是氣根鑽破壁面的榕樹，
我呼吸的每一口氣，
都是為了衝破攔阻，
證明自己永遠不被局限。

阿毫從沙發上彈了起來，雖然在史摩和泰妮眼中，他像是因為怒氣沖天而無法安坐，實際上，阿毫卻暗暗佩服起兒子的鬥志。「既然如此，我來舉辦一場模擬賽，想得到家人支持，就證明給我們看吧！」

我是沙粒，也是銅鑼

幾天後，寶藍色擂臺矗立在怪獸國小操場，臺下擠滿居民，視野最佳的貴賓席上坐著史摩的家人。

擂臺兩端，一邊是史摩，坐得較遠的觀眾們想要看到他，還得使用望遠鏡呢！

而另一頭，則是阿毫特地請來對戰的吞吞怪咕啾，一進入春天便大快朵頤的他，已和一座小山丘一樣壯碩。

比賽一開始，咕啾還來不及看清史摩的身影就被襲擊，雖然力道不大，但毫無防備下仍重心不穩，滾了一圈。咕啾趕緊維持平衡展開攻勢，卻被史摩輕鬆閃避。史摩開心大喊：

我是一粒風中之沙，

渺小卻扎人，

你拚命捕風捉影，

依然無法將我

收服於手掌心。

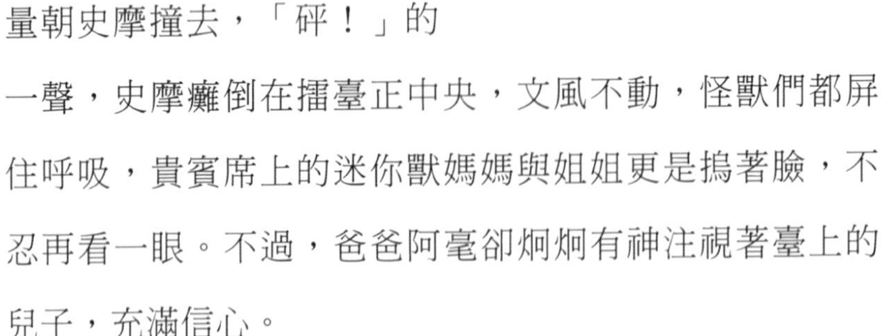

當然，吞吞怪咕啾可不是省油的燈，他全力使出「千斤壓頂」絕招，以全身重量朝史摩撞去，「砰！」的一聲，史摩癱倒在擂臺正中央，文風不動，怪獸們都屏住呼吸，貴賓席上的迷你獸媽媽與姐姐更是摀著臉，不忍再看一眼。不過，爸爸阿毫卻炯炯有神注視著臺上的兒子，充滿信心。

終於，史摩緩緩起身，回到戰鬥姿勢，並在熱烈掌聲中，說出了他對摔角的熱愛：

我是一枚銅鑼

被重重搥打，

卻不喊痛。

我發出洪亮的聲響，

是為了產生共鳴，

向世界宣告我的理想。

無所不在的自己

這場模擬賽，當然還是咕啾贏了，但史摩並非永遠的輸家，他帶著傷痕和堅定信念回家，報名摔角學校，開始天天鍛鍊體能，再也不妄自菲薄——事實上，他感到萬物呼應著自己，有時他是與倦意拔河的繩索，有時是對敵手的先天優勢感到些微妒意的檸檬，或者是沮喪後重拾光明的彩虹。

史摩一直惦記著，下回見到表妹泰妮，要謝謝她的那些提問，使他找到了無所不在的自己。他已經走在實踐理想的路上，期待有朝一日，登上爭霸賽的擂臺！

另類自我介紹

你了解你自己嗎？如果是植物，你覺得自己是什麼花、草或樹木？如果是飲料，你會是汽水、紅茶或現榨果汁？或者，你是哪種交通工具、家具、料理、自然現象？原因又是什麼？

想像一個連連看遊戲，左邊羅列萬物，右邊是你的各種特色，你會怎麼連結呢？寫一首關於自己是什麼的短詩，可從以下三個角度思考喔！

A 「物的特徵」與「我的外在特色」

範例：

我是高掛的茄子，
遠離肥沃的夢土，
因失眠而臉色發青。

B 「物的特徵」與「我的內在特質」

範例：

我是氣泡包裝紙，
看似勇敢迎接挑戰，
其實啵啵啵的心碎。

C 「某情境中的物」與「我的處境」

範例：

我是旱季裡的雨衣，
被擱在角落，
無人聞問。

寫作小練習

試著以「如果是……（例如：動物、建築、顏色），我是……」句型進行發想，思考自己的個性特質、生活習慣，能用什麼東西比喻？並加上原因解釋，以短文、短詩呈現皆可。

3 可以預見的未來

「歡迎出席太極大師歸國派對喔！」黑白獸家族這幾天與朋友招呼或話別，都掛著這句話。小歪雖然沒見過曾姨婆太極，但從小就耳聞這位長輩毛色特異，與黑白相間的親族不同。

黑白獸預言大師

在太極背上，黑毛與白毛交織出一枚太極圖樣，使她自幼便散發神祕感。十八歲離開家鄉後，太極巡迴世界各地，聽說她被尊為先知，曾阻止人馬國的內戰爆發，也曾替一些國家預言最佳王位接班人。

這次，隔了八十年，太極終於和黑白獸族聯繫，即將動身返回怪獸國。消息一出，所有居民都想聽聽太極親口述說這些神奇事蹟，更想聽聽她對未來的預言，渴望有一則預言指引方向，揭曉未來的自己究竟是什麼模樣、過著怎樣的生活，免去未知的茫然。

例如：這次出借場地舉辦派對的「好鼻偵探社」社長──尖鼻獸姐妹聞文和嗅秀，即使能追蹤各種細微氣味，推理出難解真相，仍無法斷言事件後續發展。

聞文想知道年老後嗅覺不再靈敏，自己可以做些什麼？嗅秀則好奇偵探社的經營規模會再擴大嗎？或者會有什麼異動？如果事先知道，就能提早做準備！

曾姨婆太極登場

黑白獸小歪卻不這麼想，自從他完成最新一期的《小怪大想》，便身體力行當期主題「活在當下」，並認真踏實度過每分每秒。他覺得未來如幻夢般難以捉摸，唯一能好好把握的，就是「現在」。

正因如此，小歪比任何怪獸更渴望見見曾姨婆，想問她：「您是怎麼預見未來的？」

終於到了太極大師歸國派對的傍晚，聞文和嗅秀事先在好鼻偵探社擺放幾座插著黑白條紋蠟燭的燭臺，營造神祕氛圍。

一陣熱烈掌聲響起，太極拄著枴杖走進會場，雖然步伐緩慢，但兩頰透著山茶花般紅潤光彩，一點也不顯老態。

燭焰隨著太極的行動搖晃，屋內頓時影影幢幢，大家被緊張又期待的心情籠罩，小歪率先舉手，「曾姨婆您好，您一直以先知形象被景仰著，您究竟如何預知未來呢？」

預言未來的祕密

太極一開口，一支支燭火燃得更旺了，「孩子啊，我並不是預言家，我只是引導人們說出心裡話。有的人跟未來的自己立下約定，那麼立約後的每一天，都是實踐、完成誓約的過程；也有人叮嚀未來的自己絕不能忘記、拋棄某項事物或信念，於是對他而言，生命中最重要的價值便彰顯而出。或者，由過去的自己，給未

來的自己一句忠告——你知道的，過往經歷的點點滴滴，將成為未來的指導員，在做出抉擇前提供指引，避免我們重蹈覆轍。」

「說說您阻止的那場人馬國內戰吧！」不知是誰大喊了這麼一聲，大夥鼓掌表示附議。太極不疾不徐的語氣，將大家帶回三十七年前，當時人馬國的將軍不滿國政將由年輕王子繼位掌管，策畫造反，並在發兵前向太極請益。

太極從懷裡抽出一張紙卡，請將軍寫下想對未來成為國王的自己說的話。將軍寫畢，沉思整整三個小時，離席前他向太極鞠躬致意，撤除反抗兵力，從此全心輔佐少主，為人馬國帶來新的盛世。

「將軍在紙卡上寫著：『絕不可陷人民於水深火熱之中，打造安康富足之國。』然而若戰爭發生，百姓將流離失所，這與他的期待背道而馳。於是，他給予自己另一種可能的未來。」太極回憶道。

寫給未來的你……

最終，這場派對沒人從太極大師口中得到關於未來的隻字片語，而是以「預見未來寫作會」作為壓軸活動。聞文低垂著尖長鼻子，振筆疾書。

給三十年後的聞文：

六十五歲的妳，引以為傲的嗅覺必定衰退不少，不過，這並不代表妳會錯失世界上的美好——用雙眼去欣賞，用雙手去記錄吧！

還記得十歲時，妳蹲在牆角，為一株搖曳著雪白絨毛的蒲公英讚歎嗎？當時妳迫不及待為蒲公英寫生，不只描繪出它小巧玲瓏的姿態，更連綿想像，畫下它隨風起飛、展開旅行的經歷。完成畫作的那刻，妳發現自己心跳加快，酣暢無比。這樣的幸福，多麼希望六十五歲的妳，能夠再次重溫。去細膩的看、盡情的畫吧！

三十五歲的聞文上

聞文決定散會後就去買幾本素描教學書，不必等到六十五歲，從現在起，只要有空檔便能練習！她朝嗅秀的紙上望去：

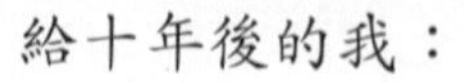

四十二歲的妳忙碌嗎？我想，妳應該已經成為一位頂尖偵探，也有一群志同道合的後輩加入好鼻偵探社，

成為偵辦主力。而妳退居幕後，遊走四方，專為弱勢族群服務，無論是尋找失物或親友、釐清不公平遭遇的始末等，妳都免費調查，做他們最信賴的盟友。

妳如同過往忙碌，但生活更加充實、有勁。身為三十二歲的嗅秀，我為伸張正義、樂於付出的妳感到光榮！

三十二歲的嗅秀上

嗅秀和聞文捏著紙片相視而笑，「未來」已掌握在她們手中。至於小歪，雖然還沒下筆，但原本的疑惑已被消除。

他想，這就像是給未來的自己一張備忘錄，經由勾勒理想狀態，提醒現在的自己要努力成為那個模樣——預見自己的未來，也是「活在當下」的一種方式呀！

對未來的我喊話

有些話，不管成長到幾歲還是很受用，適合鼓舞失意的自己，或告誡自己不再重蹈覆轍。有些話，也許是你想提醒自己永誌不忘；又或者現在的你，想與未來的自己立下約定。

寫封信給未來的自己——但未來有無限可能，該從何寫起呢？不妨先設定年齡，試著從以下三個角度，對許久後的自己說說話吧！

A 許願揣想：你希望未來完成什麼事、過什麼樣的生活？

範例：（以「七十歲的我」為對象）

邁入老年生活，自我要求極高的你，一定仍天天鍛鍊身體，維持良好體態。充足的運動，使你擁有紅潤的氣色，也總是神清氣爽、健步如飛，成為一票「老友」中最年輕的那個！

B 提醒銘記：有什麼不可忘卻的人事物或信念呢？

範例：（以「四十歲的我」為對象）

成為醫生後，無論事業再怎麼忙碌，都別忘了從小立志助人的信念。覺得疲倦時，把童年那把玩具手術刀拿出來看看，回想當初玩扮家家酒，總要扮演醫生，替病人開刀治療的自己，是多麼期待為傷病的人找回健康。當你將初衷放在心上，便能燃起永不熄滅的熱情，服務更多病患。

C 經驗指導：依據過往的經驗，最想給出的忠告是什麼？

範例：（以「大學畢業的我」為對象）

剛離開校園，準備踏入社會，忐忑的心情或許會讓你的腳步遲疑，遲遲不肯跨出新的一步。這時，想想第一天上小學，那無所畏懼、對未知躍躍欲試的自己，是如何邁開雙腿，在校園奔跑、闖蕩，發現種種新鮮事物——就用這股勇氣與好奇，迎接人生的新階段吧！

寫作小練習

試著寫篇「給未來自己的備忘錄」的短文，先設定書寫對象是幾歲的自己，並想像那時你的處境，而現在的你最想告訴他什麼呢？

4 一個也不能少

收音獸阿波最近加入「咚鏘大樂隊」，使得這個長年維持三位樂手的樂隊終於擴編，團員們都說：「阿波是讓樂隊『四四如意』的關鍵角色啊！」

不過，也有居民在阿波敲響清早七點的晨鐘走下鐘塔後，揶揄道：「阿波，你每天撞鐘還不夠，下班還要拿槌棒練敲擊樂啊！」

咚鏘大樂隊成立！

阿波只是輕輕一笑回應：「每個聲音、每種音色都深深吸引我啊！能和夥伴一起製造美妙聲響，不是很享受嗎？」現在，他生活中最期待的事，就是結束一天工作，卸下聲館長身分，踏入練團室的時光。

「咚鏘大樂隊」名副其實「咚咚鏘鏘」，使用的樂器在樂器行可是找不到的，例如樂隊隊長「吞吞怪」爸爸喀哩負責「咖哩鼓」──巨型鋁鍋，那是在去年禁食前淘汰的舊鍋具，能為吞吞怪家族熬煮出一週分量的咖哩肉醬，倒扣後敲擊起來，洪亮飽滿的共鳴簡直就像成群野牛齊聲哞嗥。

在咖哩鼓帶領下，「獨眼怪」雙胞胎力力搖動一塊軟鐵皮，有時鐵皮輕晃，發出巨人低鼾；有時鐵皮如浪擺盪，立刻轟然霹靂。大大則抓著鬃毛刷子，往木頭砧板上左搓搓、右敲敲，製造各種細瑣紛忙的音效。

加上阿波輕捏咖啡攪拌棒，在環形玻璃燈管擊打出清脆聲響，整個樂隊有穩重、有震撼，也有嘈切和靈巧之音，輪奏時全力呈現獨特音色，齊奏時也能和諧交織，對於何時該扮演主旋律，何時該盡責烘托，大家默契十足。

音樂會前的驚喜與驚嚇

為了慶祝阿波加入屆滿一個月，咚鏘大樂隊將在藏聲館大門前舉辦戶外音樂會，但阿波計畫給樂隊夥伴一個驚喜，便聯絡好友**噴火怪亂亂**，託付烘焙任務：「**請務必呈現每件樂器是多麼不可取代喔！**」

亂亂一聽，忍不住笑意道：「哎呀，你真是個『聲音狂』呢！」

苦思一日，亂亂終於想到絕佳點子，興奮得睡不著覺，連忙做起麵糊，並從櫃裡翻出全新模具：「買了這麼久，一直沒機會使用，現在終於派上用場啦！」

不久，代表四種樂器的成果出爐，分別是添加咖哩香料的巧克力餅、如雷雨雲般幽暗的黑莓餅、用橘子汁彩繪鬃毛紋理的燕麥餅，以及裹了一層玻璃糖霜的香草餅乾。

藉由模具塑型，四片餅乾皆是拼圖形狀，合在一起，恰好成為完整的正方形，擺進禮盒，既精緻又別具意義。

結束最後一次彩排，阿波在回家路上哼起隔日演出曲目，陶醉得瞇著眼睛，一不小心卻被石頭絆倒！除了手腳「掛彩」之外，受傷的碟狀耳朵還被急診醫師包紮得有如巨型包子——這下子沒辦法接收細膩聲響，自然也不能和樂隊夥伴配合得天衣無縫。阿波著急又沮喪，連忙通知才剛解散的夥伴們。

樂隊拼圖的力量

第二天清晨，晨鐘寂靜無聲，因期待音樂會而早起的怪獸們感到不大對勁，一個個聚集到藏聲館外。

在大家的關切聲中，樂隊隊長喀哩站上舞臺，阿波也在力力與大大的攙扶下，跛著腳上臺，「各位朋友，非常感謝你們的蒞臨。很不幸的，咚鏘大樂隊團員阿波因傷無法參與演奏。」

喀哩稍作停頓，轉頭看看夥伴們，隨即展開動人的致詞——

「組織樂隊是一件『很拼圖的事』。

我們四位團員有著截然不同的個性、生活作息，就像每塊形狀不一的小拼圖，各有各的凹陷和凸出之處，但為了音樂，我們相互配合、協調，也各自施展本事。善於領導的，負責統籌意見、推動執行；活潑外向的，

為每次團練注入活力；喜歡小說的，為樂曲融入故事、增強情意；聽力敏銳的，協助偵測錯誤，使演奏達到美善。小拼圖們就這樣彼此銜接，成為一體。

就拿樂器來說吧！我的咖哩鼓雄渾豪邁，當它穩紮穩打率領節奏，最需要力力的鐵片製造料想不到的震撼，增加音樂起伏；大大的鬃毛刷則為這兩個大鳴大放的樂器添上繁複細節，使音樂更有層次；而阿波的玻璃燈管就像一股清流，讓音樂永保鮮活。

這是屬於我們的『樂隊拼圖』，為了拼出完整樂隊，帶來完美演奏，音樂會將延期。請大家祝福阿波早日康復的同時，**想想自己是否也有『很拼圖的事』，便會明白那種任何一片都無法割捨的堅決心情！**」

我的「很拼圖的事」是……

拼圖的比喻引起共鳴，跟蹤獸阿巡大聲呼應：「是啊！**我的專長就是湊齊『破案拼圖』，少了一條線索，就沒辦法真相大白啦！**」

「**我每天烤餅乾，也是在組『烘焙拼圖』，食譜、**

食材、模具和火候，缺一不可呀！」亂亂心想，自己昨晚提早將餅乾驚喜送給大家，真是太好了！

原來，摔傷的當下，阿波第一位連繫的對象正是亂亂，他說：「看來我請你準備的驚喜派不上用場，反而給夥伴製造了驚嚇呀！」

昨晚深夜裡，亂亂帶著餅乾趕到藏聲館時，樂隊團員們也都到齊了。亂亂向大家說明每片餅乾代表的樂器音色，還強調拼圖造型邊吃邊玩的趣味，當時喀哩彷彿醍醐灌頂，從椅子上彈了起來：「**我們不就是這些拼圖嗎？一個都不能少！**」

現在，怪獸國居民們引頸盼望著鐘聲再度響起的早晨，那天將是「咚鏘大樂隊——一個也不能少戶外音樂會」盛大舉辦的日子。在此之前，他們可以前往噴火怪餅乾店，品嘗本月主打點心「樂隊拼圖禮盒」，享受四種截然不同的滋味，一邊思考所謂「很拼圖的事」。

一塊也不能少！

拼圖少了一塊就不完整，許多事情也像拼圖，缺少其中一個要件、成員或步驟，便無法圓滿達成，例如：大隊接力每位選手都是「疾速拼圖」不可或缺的一員；也許對你而言，想要好睡眠必須有軟床、暖被、布偶、輕音樂與幽微燈光，那麼它們就是你的「安睡拼圖」。

不妨想想有哪些事情和玩拼圖一樣，那些小拼圖又為什麼不可或缺呢？

A 參與事件的成員

範例：

大隊接力的選手們展現絕佳默契，一棒交遞一棒，奮力衝刺，要以最快速度拚完「疾速拼圖」，讓對手們望塵莫及。

B 合成某物的材料

範例：

他堅決不公開水煎包讓客人一吃上癮的原因，雖然對記者透露這「美味拼圖」包含斜切的新鮮蔥段、浸過冰水的高麗菜絲、帶點肥膩的豬腿肉，卻獨漏最後一片拼圖——麵皮充滿嚼勁的祕密。

C 成事的必備要素

範例：

每一晚，容易失眠的他總在就寢前確認「安睡拼圖」的每一片是否齊全：鬆軟的棉被、散發清香的枕頭、幽微暈黃的燈光，以及循環播放的輕音樂。待「安睡拼圖」拼完，才能化作一張飛毯，將他送進夢鄉。

寫作小練習

試著以「○○拼圖」為題，寫一件有如拼圖的事，並以親身經驗加以說明解釋。

5 裝可愛說明書

當怪獸國邊界的山茶花接連垂頭，粉瓣沿邊捲起焦褐皺褶，雙胞胎力力與大大終於不是經驗值最低的疆界看守員——這個夏天，獨眼怪家族最受寵的阿睞加入雙胞胎轄區，成為護衛國土的生力軍！

超可愛獨眼怪阿睞

站在初枯的山茶花林中，阿睞是唯一一朵鮮嫩的山茶花，濃密長睫毛隨著靈動眼波搧呀搧，像極貪戀花蜜的蝴蝶，輕撲幾回翅膀，不捨離開蕊梢。大家都說阿睞的盈盈笑容彷彿能掐出水般，只需看一眼，就能滋潤心田。

前任聲館長的退休派對上，突發的大火讓老收音獸臥床好多天，當時便是等到阿睞探病，甜甜的笑才終於撫慰老收音獸的驚魂未定。

阿睞還有許多可愛的生活習慣，例如：她日日親手製作便當，不僅美味，一掀開盒蓋，那畫卡般精緻繽紛的造型，總讓一起用餐的怪獸驚歎不已，最重要的是，阿睞從不吝於分享。

當害羞獸小曖對著以玉米、番茄、紅薯拼出的「夕照便當」，羨慕說著：「我也好想幫大耳做美味又美觀的便當喔！」阿睞隔幾日就送上《**美美便當說明書**》，清楚解釋如何利用食材顏色與質地，設計出巧妙圖樣。

獨眼怪睨睨的煩惱

嗓音清亮的阿睞，也為歌唱時格外沒默契的力力與大大特製一份《**好聲音說明書**》，在說明書引導下，這三名國界看守員一會兒輪唱，一會兒相互和音，和諧的歌聲有如骨牌般，一葉一葉傳到駐守北方山林的睨睨耳裡。

睨睨歎了口氣：「一定是阿睞吧！不管到哪裡，阿睞永遠都這麼受歡迎呀！」

睨睨和阿睞是相差六歲的姐妹。睨睨還在讀怪獸小學時，常要幫忙照顧年幼的阿睞，放學後她抱著阿睞在家門前來回散步搖哄，就像捧著一個洋娃娃，路過的怪獸叔叔阿姨們只留意到精緻可愛的娃娃，紛紛停下腳步呵愛逗弄一番，卻沒跟睨睨說上幾句話。

睨睨便是在那時候，感到自己從此隱沒在阿睞身後。

來自姐姐的委託

「能和阿睞一樣可愛就好了！」這樣想的睨睨做過好多努力，剪下初綻的山茶花蕊，在大眼睛周圍仔細貼出長長的假睫毛。她也學習烹飪，燒了一手好菜，怪獸國每有聚會，她總在廚房裡張羅，不知是分身乏術，還是刻意錯過派對活動，直到散場，她才停下手邊工作休息。

睨睨愈長大愈內向，雖然不諳哼唱，但她喜歡在下崗後，坐在鋼琴前隨意彈奏一段旋律，將渴望受喜愛的心情寄託在黑白鍵之間。

「阿睞，妳能不能幫我寫一份說明書？」一天，睨睨對阿睞提議。

「姐姐，妳每件事都做得那麼好，還需要什麼說明書呢？」阿睞問。

「給我一本《**裝可愛說明書**》，好嗎？」睨睨這樣說。

阿睞寫過許多說明書，這是第一次受姐姐委託，也是第一次對說明書主題毫無頭緒——她看著睨睨即使貼著花蕊假睫毛，仍遮掩不了黯淡心緒的眼睛，她知道自己要寫的不是「裝可愛」，是另一種自己未曾嘗試的說明書類別。

抽象概念說明書

過去，阿睞的說明書主要在介紹具體事物或行動；這回，以抽象概念做主題，阿睞想，還是得落實到應用面，分析內容成分，透過使用目的、操作流程、注意事項等項目，來彰顯這抽象概念的效應和價值。

阿睞拜訪怪獸親友，蒐集睨睨在大家眼中的形象。

智慧獸威斯頓拄著楞杖回想：「我還記得我牙齒開始鬆動的那年，睨睨在長老演講大會前，特地做了山藥絞肉泥，幫助我補足營養，真是太感謝她啦！」

力力也憶起：「我和大大看守國界的第一天，睨睨一大早特地來電祝福我們，隔著話筒，她彈奏了〈山茶花舞曲〉，輕快的旋律適時消除了我們的緊張呢！」

不一樣的可愛法

一週後，睨睨在睡前發現床頭上擺著一本說明書，封面果然和阿睞一樣可愛——漸層的草綠底色上頭，以粉紅色的「山茶花瓣字體」寫著大大的六字「裝可愛說明書」。

睨睨帶著書鑽進被窩，迫不及待翻開——

裝可愛說明書

內容成分 溫柔、體貼、真誠、浪漫。

使用目的 為周遭帶來快樂，而使人產生喜愛之情。

運用方式
1. **溫柔**——小妹妹啼哭時，以溫暖的懷抱、輕柔的安慰停下她的淚水。
2. **體貼**——留意用餐者的飲食習慣、口味好惡，用愛烹調出最健康美味的餐點。
3. **真誠**——不需花言巧語，在琴鍵上彈奏出溫暖心意。
4. **浪漫**——以花蕊為媒材，將自己妝點成最有創意的藝術品。

注意事項
1. 可愛就是可愛，不用假裝！
2. 可愛的先決條件是「愛自己」。
3. 現在立刻去鏡子前，用喜愛的眼神看看自己吧！

睨睨從被窩跳了出來，面對鏡子，眨了眨花蕊睫毛，對自己笑了一笑。她知道說明書裡列舉的就是原本的她，但在這之前，她都沒發現自己原來這麼可愛！

「姐姐根本不用『裝』可愛，妳就是最可愛的了！」阿睞不知什麼時候已站在一旁，她拿出一張山茶花貼紙，往說明書封面上一貼，蓋住了「裝」字，《裝可愛說明書》頓時變成《可愛說明書》。

睨睨將說明書抱回懷中，她決定要好好喜愛自己──阿睞有阿睞的可愛，但也有一種可愛，叫做「睨睨的可愛」！

◯◯使用說明書

新買的電器，我們透過說明書了解使用方式；複雜的模型玩具，先閱讀說明書，有助於順利組合；就連泡麵包裝上，也附有沖泡流程說明。

但「自信」該怎麼使用呢？一旦操作不當，就會變成自傲或自卑；「友情」、「撒嬌」、「熱情」、「勇氣」……這些抽象事物，又該怎麼使用，才不會被誤用，能夠發揮最大價值呢？

A 使用目的：指出此抽象事物帶來的效應為何。

範例：

以「熱情」為例—

熱情將化冰寒之心為溫暖湧泉；化冷漠異境為和煦天堂。

B 使用流程：落實於生活時能依循的順序。

範例：

以「勇氣」為例—

首先，得先正視懼怕的事物；接著，深深呼吸、慢慢吐氣，和緩自己的鼻息；再來，全盤思索，規劃如何對付眼前障礙；最後一鼓作氣，跨越內心藩籬，將計畫付諸行動。

C 注意事項：更進一步的叮嚀或警告。

範例：

以「自信」為例—

切記！「自信」的使用量需拿捏得宜，太少則自卑，過多則自傲，唯有適量，自信方可成為助力！

寫作小練習

試著以「○○使用説明書」為題，寫一篇説明書，可用流暢篇章或條列式，寫下某一抽象事物的使用流程、目的、注意事項、叮嚀警告等。

6 特製心情香水

「醒神湯——醒來保證有精神的醒神湯——」剛入秋的清晨傳來熟悉的叫賣聲，被喚醒的怪獸國居民半信半疑的隔窗探望，惺忪睡眼立刻睜得又大又圓——一支短小的發光柱在迷濛晨霧中緩緩移動，移居0.421國的遷徙獸遊俠回來了！

遷徙獸回國囉！

小攤車很快被團團包圍，幸好遷徙獸靈活俐落的觸手，總能令自己免於手忙腳亂的窘境。

遊俠一邊收下零錢，一邊為顧客遞上朝思暮想的醒神湯，還得回應顧客大口豪飲前的問候：「是什麼風把你們吹回來啦？」

「小諾斯風啊！」遊俠對顧客神祕的眨眨眼，暗示他們別再追問下去。事實上，這些死忠的「醒神湯粉絲」全都心知肚明，因為尖鼻獸小諾斯可是受眾怪獸請託，力邀遷徙獸歸國呢！

小尖鼻獸的提議

上午的生意結束，遊俠與小諾斯會合，討論新副業的合作計畫。

「遊俠叔叔，今早你一定感受到大家多麼開心吧！自從你們移民後，怪獸國步調大亂，舉例來說，『怪飽的早餐店』老闆老是睡遲，只好改賣午晚餐，生意大不如前，附近趕著出門的居民也沒早餐可外帶，有的挨餓整個上午，有的繞路採買，累積滿腔急躁與不耐。這不光是晚起的問題，也連帶影響心情。」見遊俠托著左腮沉思，小諾斯繼續說：「而壞心情又影響行為，導致惡性循環。」

遊俠放下托腮的觸手，「所以，如你信上提議，想調配出一款香水代替醒神湯，為大家帶來舒爽清朗的心情。不過，我還是有些猶豫──」

小諾斯抽了抽尖鼻子，「我絕不會強迫你公開祖傳食譜，只要告訴我幾種重要藥材，雖然熬不出那一入口又苦又嗆的滋味，但靠著靈敏嗅覺，我相信自己可以複製出這強烈的氣味！」

當心情變成一種氣味

於是，小諾斯隨遊俠四處走訪，蒐集到東邊貌似巨肋的強骨枝、西邊花絮如舌的萬鳴花、北方辣度適中兼具退火療效的冰火椒、南方汁液能安穩心神的淡定草。

四種藥材羅列桌面，複雜紛呈的氣息，讓小諾斯連連打噴嚏，他甩了甩頭，重新坐定，展開漫長的氣味實驗。

幸好，有遊俠的醒神湯支援，歷經一週不眠不休的嘗試與修正，小諾斯終於成功調配出聞起來與醒神湯極為相似的香水。

為了替香水命名，他又多熬了一晚，名字換來換去，總是不滿意。他想：「這香水將陪伴每個怪獸，懷著全新心情展開截然不同的每一天。**如果也把心情視為一種氣味，當作生活線索，將更能展現出我們的日常是**

多麼細密受心情引導，經歷的事件又是如何與心情相互連動。不如……」

心情香水由你命名

遊俠與小諾斯的合作商品開賣了，每個寄售處都擠滿了「醒神湯粉絲」，他們熱情喊著：「醒神香水一瓶……不，是一打！」

然而，沒有任何怪獸購得「醒神香水」，那一罐罐潔白瓶身上皆吊著一張字卡：「無法選擇的事情太多了，但我們可以選擇心情——〇〇香水，由你命名。」小諾斯希望透過命名活動，讓怪獸們感受到，心情如同氣味往生活四處飄送、薰染，無所不在。

明知捨棄已負盛名的「醒神湯」作為香水名稱，對銷售而言實在有些冒險，但小諾斯一想到過去醒神湯的氣息總是鼓舞自己迎向未知，這次當然也得挑戰看看呀！

怪飽老闆的太陽蛋香水

「**無名**」香水立刻引起迴響，不只變得有名，更是「**有各種名**」。

小諾斯和遊俠在寄售處讀到眾多創意十足的香水名稱，貨架上貼著滿滿的「心情氣味書」，這些都是購買香水的怪獸們，由氣味的角度體會一日心情後，回到店裡寫下的心得。

小諾斯和遊俠最愛的一篇，一看就知道是「怪飽的早餐店」老闆的傑作：

太陽蛋香水

清晨，我的心和鐵板比緩緩爬升的朝陽更早預熱完畢。滾燙的鐵板一抹上奶油，噗滋噗滋冒出熱騰騰暖香，我渾身細胞也跟著抖擻起來。

敲下今日第一顆蛋，生蛋即刻竄起生猛氣息，彷彿在稱許我一早便充滿幹勁。熱烈心意似乎也為鐵板加溫，半熟蛋黃飄散敦厚甜味，透明蛋白漸漸扎實，恰到好處的乾煎焦氣在鍋鏟間踢著正步，像一首進行曲，將昨日的煩惱與不順一一踏平。

客人帶走餐盒時，天空正好大亮，我的心在滿室蛋香中，化成一顆飽滿的太陽蛋。早起，就是滿懷希望的開始。

你的一日香水味

現在，早餐店正常營運，早餐吃得豐盛的怪獸們也都精神百倍迎接新的一日。無論是「**太陽蛋香水**」、「**千尾鳥展翅香水**」、「**晨風香水**」，透過複製醒神湯的氣味，怪獸國居民找到自己的心情氣息，調整好生活步調，遊俠也放心回到0.421國。

一到家，遊俠喚來迢哥與遠妹，拿出兩只潔白瓶子：「無法選擇的事情太多了，但我們可以選擇心情。這空瓶是你們的心情香水，裝進你們的好心情吧！沮喪煩躁時，拿出這瓶『香水』朝自己噴灑，當情緒和態度改變，一切會跟著煥然一新！」

遊俠沒有為自己準備香水瓶，但他已在心中存放一罐「**怪獸國香水**」，氣餒時就往消風委頓的心噴一噴，「**怪獸國的每一天，都是為了迎接新的一天。**」心懷此念，便能啟動自信爽朗的一日！

生活百味書

香水的好壞，影響一日作息品質。心情也是這樣，所謂「境由心轉」，我們的行動、看待事物的角度，都會隨著心情改變。

綜合兩者，不妨透過以下角度，模仿香水命名，寫篇心情氣味短文。

A 從生活畫面命名

範例：

「寧靜碧海」香水

遊覽車困在連假壅塞的公路上，司機急切的按著喇叭，而我望向窗外，路樹後方是一片靜謐的蔚藍海洋，彷彿朝我心口吹來陣陣海風，略帶鹹味的涼爽，像一杯加鹽的蘇打水，安撫了我的焦躁。

B 由特定事物命名

範例：

「黑貓魅影」香水

儘管平日總親和待人，沮喪時，我並不渴望任何人的安慰。或許人們會驚訝於我突來的陰沉，但我心中那隻沾滿溝水的黑貓，只想沿著暗巷的破牆蹬跳，找尋不被干擾的棲身之所，自我療傷。

C 以動態行為命名

範例：

「盡情狂奔」香水

接獲實驗計畫申請通過的消息，我興奮的衝出家門，往實驗室直奔而去。白袍在飛步中擺盪出化學藥劑的氣息，我快樂的想著，規劃已久的實驗也將像現下狂奔般，一路盡情暢快的展開了！

寫作小練習

試著以「一日生活味」為題，設計「心情氣味」線索，加入事件，寫出一日的情緒變化。

7 打開心之眼

智慧獸威斯頓已經一個星期沒有踏出家門。七天前，有目擊者在「怪好的醫院」門口，看見疑似威斯頓的身影被固定在擔架上，送進救護車後，車子也不鳴笛，緩緩朝威斯頓住處方向駛去。

威斯頓健康危機

基於醫療人員必須維護病患隱私，「怪好的醫院」那身材猶如丹藥葫蘆的院長，面對大家的關心詢問與媒體的旁敲側擊，始終回以滿腹沉默。

黑白獸小歪無法得知近況差點急壞了，之前他就注意到威斯頓不大對勁，幾次他倆走在一起，威斯頓會忽然停下腳步，使勁搖頭，像要把什麼甩出腦袋似的。

當時小歪被一股難以名狀的情緒哽著，現在他終於明白，那份感受源於恐懼失去——畢竟威斯頓年紀這麼大了，如果有一天離世，一直將威斯頓視為心靈導師的自己鐵定無法承受。

闖入長老家

小歪在威斯頓家外找到一扇未關緊的窗，毫不費力的「強行」潛入——即使已做好心理準備，但映入眼簾的畫面，仍讓小歪細軟的黑白毛髮，嚇得根根如尖針直豎！昏暗燈光下，全身覆滿紗布的威斯頓，看不出到底是仰躺還是趴臥，一動也不動，就像在床上化作寂冷的土堆。

「威斯頓長老？威斯頓長老？你還好嗎？」小歪一開口，連日的憂慮便隨著眼淚一傾而瀉。

「土堆」文風不動，小歪愣在原地，沾在毛尖的淚滴彷彿一顆顆脆弱露珠，他覺得自己不僅渾身溼漉漉，腦袋也像被露水浸軟的泥壤，思緒混沌，不知該如何是好。

視覺殘像魔法

「啊！是小歪嗎？請幫我把眼膜卸下來吧！」眼膜？小歪將看似紗布的眼膜一片片摘下後，威斯頓緩緩張開三眼，「啊！敷了一會兒眼膜，果然舒服多了！」

原來，七日前，威斯頓為了頻繁出現的疊影赴醫院檢查，診斷結果是用眼過度、視力疲乏引起，院長特地派車護送威斯頓回家，諄諄告誡必須讓眼睛充分休息。

威斯頓拿起一枝紫筆，在白紙上畫了橫躺的彎月，要小歪注視一會兒後又指示道：「現在你把視線移到這只白碟上。」

「是香蕉！」小歪驚呼，空空如也的盤子竟憑空出現香蕉，這是由於長時間凝視一種顏色，引起眼睛疲勞，導致視線移往白色背景時，對此種色彩的感覺靈敏度降低，因此出現補色殘像。

小歪揉揉眼睛，「長老，我了解視覺疲勞了，但您休息歸休息，為什麼整整一週足不出戶呢？」

「因為這幾天我有了後遺症，視覺殘像雖消失，心理殘像卻接著出現……」威斯頓悠悠的說。

思念心理疊影

小歪不等威斯頓說完，立即奪門而出，沒多久，一輛轎車停靠在威斯頓家門前——「怪好的醫院」院長牽著小歪，憂心忡忡的進門。

威斯頓拍拍小歪，「謝謝你，我知道你是真的為我擔心，才急忙找來院長。這幾天待在家裡，雖閉目養神，童年往事卻一件件浮上心頭，我的目光追著回憶裡的母親，等我再睜眼望見家中的一景一物，母親就如疊影一般，無所不在。」

威斯頓指向屋內的一面白牆，「那面牆在我周遊列國回來後，才重新粉刷得皓白如新，但這幾日我卻看見母親拿著筆，依著我的央求，將百科全書裡的圖解畫上牆面。當時母親一定也很喜歡陪著我讀書，拓展對世界的認識吧！她的三隻眼睛閃著螢綠光波，在白牆上映出青亮光芒，就像自宇宙無盡深處投來的星光一般，鼓舞著我。」

打開心靈的眼睛

院長明白後遺症並無大礙，葫蘆狀身體一放鬆，下圍更寬廣了，「是啊！**這是心靈的眼睛，我們若是長久關注、掛念某一人事物，當目光轉向現實，在意的對象**

也將如殘像般投影在眼前，呈現虛實交錯的畫面。」

他分享自己開始研究起醫療期刊，心神就被書中新知、議題占據，就算放下書本出外踏青，樹紋、草葉形狀、山茶花色彩，在眼前皆幻化成某種細胞或病菌在顯微鏡下的模樣，「我太太都開玩笑，說我走火入魔到『眼前的花不是花』的境界呢！」

*　　*　　*　　*

「後遺症確診會議」在院長搭車離去後宣告結束，小歪離開前緊緊擁抱威斯頓，這七天懷著失去威斯頓的恐懼，實在好漫長啊！

「長老，您在家休養這幾天，我也有心理殘像，但直接告訴您我會害羞……」小歪小聲的說。

「我知道，」威斯頓溫柔回應：「我可以在下一期的《小怪大想》上讀到，對嗎？」

融合實景與心景的恐懼

一個月後，最新一期的《小怪大想》刊出小歪的作品：

死神魅影

黑白獸小歪

當整個怪獸國失去長老威斯頓的消息時，我凝視內心的恐懼，害怕如果真有一天，威斯頓離開我們，我將有如窩巢翻覆的千尾鳥，日日盤桓振翅，不知歸向何處。

恐懼拉近死亡與我的距離，觸目所及，幢幢鬼影對我昭示著死亡的臨近。經過「倒轉骨董店」，琳琅舊貨像被死神的黑斗篷籠罩，低吟著死亡之歌；路樹冒出半捲著的嫩葉，好似死神的鐮刀高高舉起，不知將朝誰揮去；噴火怪亂亂手中揉整的麵團，化作死神的骷髏面龐，正朝我擠眉弄眼；甚至威斯頓就躺在我面前，在我眼中也彷如一座隆起的墳土。

直到確認威斯頓安好，亦步亦趨的死神才從我的視野消失。我仍然害怕死神終有一天到訪，但這份恐懼，我將轉換成珍惜之情，用心凝視與威斯頓度過的每個當下。

心理與現實的疊影

凝視某一畫面，再將目光移開，常會出現視覺殘像，彷彿能看到方才的形影。

心靈的眼睛也是一樣，長久關注、掛念某一人事物，當目光轉向現實，即使掛念的對象不在，也好像能看到對方。

有人說沉湎於過去的人，很難看清現實。其實，當我們心神專注在某樣人事物上，確實會影響、改變實際上看到的畫面。在寫作時，也能融合心景與實景，達到虛實交錯的效果，以下提供三個角度思考。

A 想著某人：現實重疊著人物形貌、舉止

範例：

可憐的母親沿街呼喊失蹤孩子姓名，逢人便打聽孩子下落。在車水馬龍的街頭，有那麼一瞬，她望向冷漠人群，一張張陌生臉孔忽然浮現孩子純真笑容。

B 想著某物：將心中之物與景物特徵相連

範例：

紅色扶桑花在微風中一晃一擺，她彷彿看見那雙鮮紅色高價舞鞋，正踢躂起舞，召喚她趕緊穿上，才不致錯過下一場盛大舞會。

C 想著某事：把事情環節與現實之景相扣

範例：

他苦思著今晚宴客菜色，雨後的夕陽是一片片蜜汁火腿，在公園草地漫步的人們，倒像他最不拿手的生菜蝦鬆，總是把餡料做得太溼，失去該有的清爽。

寫作小練習

請書寫一則短文，描寫心中對某對象的關注或思索，是如何改變自己對現實的觀看，帶來什麼影響？

8 魔笛之亂

凜涼的氣溫，對吞吞怪咕啾來說，像一把不夠銳利的小刀，魯鈍削著時間，日子削來刮去卻絲毫未減。這都是因為吞吞怪一家，在夏末大胃王比賽後進入禁食期，小心翼翼「不做什麼事」的生活，實在太無聊了！

吞吞怪的禁食期

剛坐上單人沙發的吞吞怪爸爸咯哩，看看自己鬆垮的皮膚、填不滿椅墊的身形，評估著消化進度過快，他打算更慵懶一些，以確保體內食物足夠支撐到下一個春天來臨。

全家只有「禁食歷練」尚淺的咕啾坐立不安，除了嘴饞難耐之外，不再進食後多出的大把時光，彷彿沒有音符的五線譜，漫漫延伸，望不見終點。

為了轉移注意力，咕啾以學長身分回到「怪怪幼獸園」當助教，陪伴小小怪獸們遊戲。

小小怪獸們可開心了，尤其是玩捉迷藏時，咕啾碩大的身體，無論怎麼躲藏，總是第一個被發現，逗得大夥又叫又笑。園長與老師們都說，咕啾一來，幼獸園再也沒有哭聲了！

小小幼獸失蹤事件

這天，輪到咕啾當鬼，他面對牆壁由一百開始倒數，小小怪獸們便一哄而散。

當數字歸零，咕啾大喊：「都躲好了嗎？我要開始找囉！」

接著，咕啾胸有成竹的往最方便藏身的七彩球池、溜滑梯頂端的小堡壘、通往儲藏室的樓梯轉角一一搜索，直到整間幼獸園都尋過數趟，咕啾直奔教師辦公室，驚聲求援：「**糟了，孩子們統統失蹤了！**」

園長立刻請來神探跟蹤怪阿巡，聞訊趕來的怪獸家長們，也把辦公室擠得水洩不通。

阿巡請咕啾回憶遊戲過程中，是否有不尋常之處？

「倒數的時候，從外頭傳來一陣甜滋滋的旋律。」

「甜滋滋的旋律？」家長紛紛搖頭，擔憂著餓昏頭

的吞吞怪果真不可靠呀！

「**那是像蜂蜜滑潤甜膩的笛音，隨著旋律進展，我彷彿看見一張鋪著絲綢布巾的餐桌，上頭擺滿各式各樣甜點**，我差點要『八十個蛋塔、七十九杯山茶花凍、七十八片藍莓果醬餅乾……』這樣倒數下去呢！隨著樂聲逐漸變小消失後，美味畫面也化為虛無，只留下渾身飢餓感——當然，這份感受很快就被驚嚇取代了！」咕啾說完一臉抱歉。

神探阿巡來辦案

「看來，帶走孩子的，是個厲害的樂手！」阿巡說起古時候有位名喚「博牙」的口琴師，靠著巨大的齒列，收放自如控制琴音。

某日，博牙登上怪獸國界山區，受景色打動而即興吹奏一曲，恰巧收音獸家族的老前輩「鐘旨奇」經過，對於有如山巒連綿起伏的旋律讚歎不已。

博牙驚喜於對方竟能說中自己的心聲，便再吹奏一段請鐘旨奇聆賞。這回，鐘旨奇聽見奔流的川水，竟也和博牙所想如出一轍，於是雙方成為心意相投的知音。（注）

「**音樂能帶來共鳴，不只是單純的音階，它在我們腦海裡織出流動畫面，給予我們某種氛圍、感動或啟發**，就像咕啾看見美食，小小怪獸們一定也受笛音打動，又捨不得腦海浮現的想像消失，一個個循著笛聲走了。」阿巡得出如此結論。

陌生笛手現身

推理至此，家長們四散分別尋找孩子，阿巡也帶著咕啾展開搜尋，憑著被穿越踐踏後委頓褪色的草皮、沾著泥巴和草屑的腳印，迢迢追蹤，終於聽見縹緲旋律，趕緊往樂聲方向前行。

音樂愈清晰，阿巡和咕啾愈是潸然淚下，沒多久，就看到怪獸娃娃們正圍著一名笛手嚎啕哭泣。笛手不知所措的情緒反映在縮皺的眉心，並往下由緋緊的鼻翼傳至雙唇，吹奏出淒楚曲調。

憂傷氣氛也讓咕啾身體一癱，如泣如訴的說著：

冰冷的笛音一傳入空氣，立刻化作一把小刀，將鐵塊般難以消磨的禁食時光削出帶刺鐵絲，圍著我反覆勾繞，使我無法動彈。

突然，一聲清亮高音響起，像條細繩自天垂降，告訴我：「抓著我吧！我帶你逃離這兒！」多麼脆弱的希望啊！我緊緊抓著細弱繩索，渴望繼續上攀，躍過時間阻礙，進入歡樂的美食天堂——但音階卻瞬間就迂迴下降，跌至最低音。

我感到手裡的繩子變成一根根輕盈羽毛，從掌中飛散而去，沉甸甸的身子則恰恰相反，如不由自主的落石，只能看著天空愈來愈遠，最後墜停在被黑暗吞沒的世界。那兒看不見過去、現在、未來，是一片連「時間」都沒有的永恆之地。

勾動人心的魔笛之音

阿巡見狀，趕緊塞住耳朵，俐落奪下笛子。

催淚樂聲一停，咕啾與小小怪獸們猶如悲夢初醒，惺忪回到現實。

笛手渾身打顫：「我為了提升演奏層次，展開徒步修練之旅，沒想到才抵達第一個國家，就發生這種意外，我可不想變成兒童誘拐犯啊！」

「沒事的、沒事的，正因你的笛音動人，富有感染力，才能勾動孩子們的感受與想像力啊！」阿巡連忙安撫。

最終，在〈笛手進行曲〉的帶領下，大夥平安跟著樂音返回幼獸園。

怪獸國稱此次事件為「魔笛之亂」，但對咕啾來說，卻是美好轉捩點──現在他日日播放音樂，原本無止盡的「禁食期五線譜」出現一個個音符，它們看起來像酒釀櫻桃、糖炒栗子、果仁巧克力。再過不久，將能畫上休止符，迎來大開「吃」戒的春天！

注：改編自戰國時代《列子》一書中，伯牙與鍾子期的故事，成語「高山流水」也源出兩人對話。

弦外之音

愛因斯坦童年時，聽母親彈奏鋼琴，曾讚歎道：「音樂就像花朵在對我說悄悄話。」有人在貝多芬的《命運交響曲》中聽見巨濤拍岸的驚悚，而心生惶恐；也有人聽見鍛造寶劍的千錘百鍊，得到磨練心志的勇氣。

音樂能產生共鳴，不只是單純的音階，更因為它在我們腦海中交織出流動的畫面，帶來某種氛圍、感動或啟發。

有人播放輕音樂進行冥想，有人透過搖滾樂提振士氣。音樂不只是聽覺饗宴，富有感染力的旋律也能與心靈呼應，引領聽者進入鮮活情境。描寫音樂時，不妨從以下三個角度切入，刻畫音樂中的畫面、氣氛或啟發。

A 音色

範例：

小喇叭明亮的音色，像是曙光穿出夜雲，金燦光束朝城市、村莊、田野與海洋投射，將世界喚醒。於是，通宵工作的疲累，也彷如經歷日出般重生，一掃陰霾！

B 節奏

範例：

馬拉松賽跑進行到後半段，主辦單位播放快歌，那輕快的節奏，像一雙雙加油的手沿途打著拍子，鼓舞吶喊：「抬腳、邁步，抬腳、邁步。」他不知不覺瞇眼享受，讓每個拍子帶動自己的雙腿，逆風跑向終點。

C 曲調

範例：

冷戰的客廳裡忽然響起婉轉的旋律，雖然對方依然不動聲色，但她知道這音樂是他送來的蠶絲被，溫柔覆蓋在彼此心上，一點一點冰釋隔閡。

寫作小練習

試著以樂曲名為題，書寫短文，描繪出音樂帶給你的畫面、感受和影響。

9 千尾鳥事件

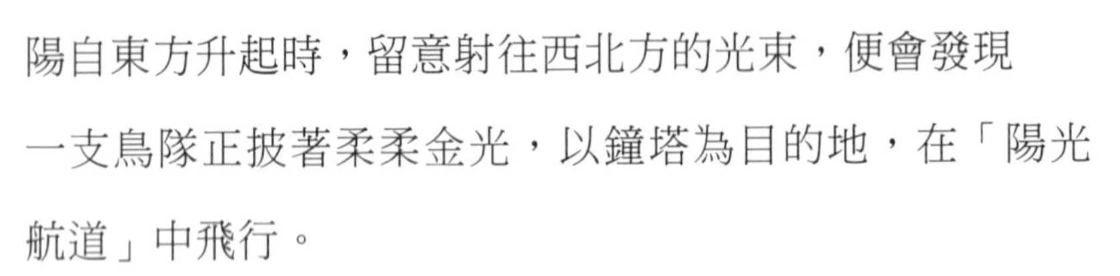

怪獸國的晨鐘今天傳得似乎特別快，如果你在太陽自東方升起時，留意射往西北方的光束，便會發現一支鳥隊正披著柔柔金光，以鐘塔為目的地，在「陽光航道」中飛行。

翅翼、尾羽整齊劃一的掀動，加速空氣振盪，鐘聲一下子就響遍全國，收音獸阿波揮動鐘槌，興奮喊著：「小千尾鳥們回來了！」

千尾鳥回來了！

千尾鳥幼鳥組隊環遊世界，經歷漫長旅途，終於一改稚嫩模樣，蛻變為成鳥回家了！除了天藍色尾巴末端增長山茶花色絨毛，頭頂也高高揚捲著一根象徵成鳥的粉紅飾羽，這群歸鳥看起來真是太神氣了！

年邁的千尾鳥父母早已聚集在鐘塔附近的林木，朝向西北方迎接孩子們。當鳥隊在鐘塔上空盤旋三圈後，父母也紛紛振翅起飛，領著孩子回到出生的老窩。壯觀的鳥隊一瞬間解散——然而這趟歸巢，卻也是另一次離家的起點。

成鳥將銜著來自舊巢的一截樹枝再度離開，與在旅途中結識的伴侶會合，像交換結婚信物般將樹枝送給對方，並在覓得合適地方後，以此為基礎，添上更多斷枝與葉片，共築愛巢。

一起守護千尾鳥

剛成家的千尾鳥最為敏感，一點風吹草動都可能讓牠們對安全產生疑慮，做出放棄孵育下一代的選擇。

曾有千尾鳥受到與巢相隔一街的搬家工程驚擾而棄蛋離去，那顆蛋雖由居民們輪班看顧，除了保暖燈之外，還用最輕柔的羽毛被裹著，卻仍然比不上被鳥父母蓬鬆羽尾包覆的溫度。等到孵育期過了，蛋變得堅硬冰冷，彷彿全世界最孤單的石頭。

為了避免再有蛋遭遇相同命運，大家都會盡量避開千尾鳥築巢的樹木。愛鳥心切的居民，還會在成鳥結隊歸來的那段日子，申請「登樓許可」──當千萬尾羽震盪空氣，導致一波波耳鳴，他們便會趕赴鐘塔，如觀禮般專心，數算幼鳥是否如數成長歸來。

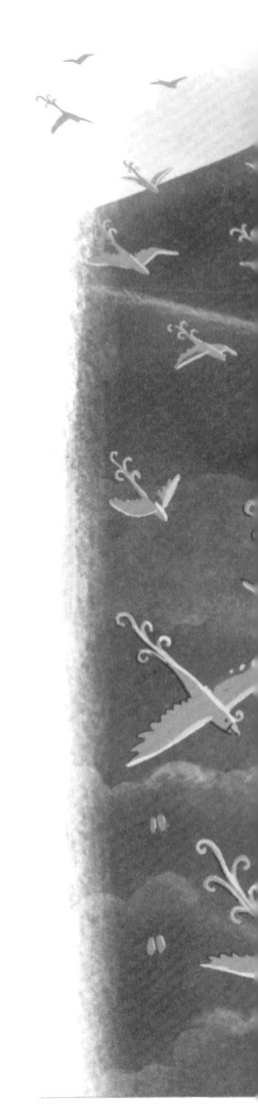

失蹤的千尾鳥

這回──少了兩隻，太陽西下仍沒盼到孩子的千尾鳥父母，難過的在鐘塔四周飛繞哀鳴。

「這是我聽過最悲傷的聲音。」收音獸阿波號召怪獸們，在國境各處搜尋是否有落單、受傷的千尾鳥。

經過一個星期，獨眼怪連體雙胞胎力力和大大在西北方國界，一棵緊依著扮家家國的山茶花樹上，發現一對成鳥夫妻。

對於需要安全感的千尾鳥而言，在傍臨

他國的山茶花林築巢相當罕見。此時正值花期，牠們在巢中鋪滿柔軟的粉色花瓣，有如一張浪漫舒適的床墊，真可稱為怪獸國最美觀、溫馨的鳥窩。

然而，這對夫妻卻一臉憂心忡忡，引頸往國境外眺望，甚至在天黑後也輪替守夜，在月光下圓睜的雙眼彷彿閃著淚光。

「這種作息，連飾羽的粉色光澤都黯淡不少啊！」隔著望遠鏡觀察到第三天，大大與力力都不捨起來。

可疑人士形像側寫

第四日晨鐘還來不及敲響，大大與力力便攔下阿波，激動的報告：「昨夜我們察覺樹林有可疑動靜，又怕打擾到千尾鳥，就用相機拉長鏡頭拍攝，結果拍到這畫面！」

照片裡，因夜裡光線不足，只有模糊暗影，但依稀能辨認出那是一名壓低帽簷、伏蹲在樹枝上的人類，一手捧著橢圓物體，一手抓著背包。

「這難道是……竊蛋賊？」阿波將照片貼在藏聲館外牆，懇請居民一起為這位可疑人士進行形象側寫。

阿波率先說明：

我爸爸曾跟我說，千尾鳥的蛋是世界上最珍貴的寶物，他指著圖鑑上的照片，「你能想像，如此美麗的生物是從這層薄殼裡孵化出來的嗎？」

我想照片中的人影也是個千尾鳥迷，迷戀使他失去理智，竟趁著夜色幽黑，攀樹偷蛋。從他戴著帽子、背著背包，可以看出他計畫周全，大概打算佯裝遊客，很快就要從容離境。

噴火怪亂亂站在烘焙師立場，倒覺得這和千尾鳥無關：

盛開的山茶花，在廚師眼裡是絕佳食材。為了得到最新鮮的花朵，非得在入夜後採摘才行—夜間的溼氣是天然的保鮮膜，無論是花的香氣、色彩或柔嫩質感，都能完整保存。

這個人一定是個講究衛生、品味高超的廚師，蒐集食材也不忘戴帽，避免落髮和皮屑汙染。我想他正小心翼翼將橢圓保鮮盒裝進背包裡，滿心歡悅的完成採集任務吧！

害羞獸夫妻大耳和小曖竊竊私語後，由小曖發表看法：

他會不會也是個愛鳥者，像我們一樣，擔心國界樹林對千尾鳥來說，並不是個適當的築巢地點，於是趁著夜晚，從背袋拿出籠子，想要協助千尾鳥遷移到更好的地點呢？

真相大白之後

在鬧哄哄的討論聲中，一位戴著鴨舌帽、抱著圓鼓鼓布袋的男士現身了，「大家好，我是來自西北方扮家家國的鳥類學者。你們關注的千尾鳥夫妻，途經我國時產下一顆蛋，但鳥隊返程在即，牠們苦於無法攜蛋飛行，於是我用鳥語向牠們保證，會將鳥蛋護送到國界處。」

鳥類學者看看牆上的照片，「昨晚，我計畫爬上樹梢，把蛋放進巢中便悄聲離去，卻不小心踩斷好幾根樹枝，差點把千尾鳥嚇飛。現在，蛋還在我的背包裡，唉……」

大夥聽完，明白一幅模糊不清的影像，雖然細節不夠明確，卻有許多想像空間，讓觀者透過自身背景、立場、個性喜好、擅長領域等，填進諸多推敲、揣摩，造就不同詮釋。

大家同時也理解，眼前這位鳥類學者並非可疑人士。但現在有了另一個問題：該怎麼神不知鬼不覺把蛋放回鳥巢呢？

這回，怪獸們看法一致，一起望向能隨環境變換體色、隱身山茶花林的跟蹤怪：「阿巡──就是你了！」

徵求目擊者！

一幅模糊不清的影像，雖然細節不夠明確，卻給予許多想像空間，更會因觀者的背景、立場等，而有不同詮釋。在設計故事時，緊扣角色設定，讓角色說出「最像他自己」的看法，會讓故事更合理、角色更鮮明喔！以路邊一位老人幫小孩綁鞋帶的畫面為例，可以試試從三個角度切入。

A 個人背景（包含生長環境、職業身分等）

範例：

角色設定→由祖父母帶大的少年

多麼動人的祖孫情，讓我想起小時候第一雙需要綁鞋帶的鞋子，是跟爺爺大吵大鬧後求來的。當時的我甚至連鞋帶怎麼綁都不會，只懂得雄赳赳、氣昂昂的用力踏著新鞋。鞋帶很快就鬆開了，爺爺便如同這般，彎下身子，邊念著口訣，邊為我示範鞋帶綁法。我望著他髮色銀白的頭頂，覺得自己備受疼愛。

B 當下心情

範例：

角色設定→焦急趕路的上班族

天啊！老人家的雙手看來已不大靈活，捏著鞋帶的手指微微顫抖，怎麼有辦法完成繁複的打結動作呢？擋在路口，後頭的人們全都一臉不耐的停下來等他……唉，我乾脆幫他孫子綁一綁吧！

C 個性、興趣、喜好

範例：

角色設定→喜愛批判的中年人

真是不體貼的孩子啊，竟然把鞋子踏在爺爺的膝頭，一臉驕氣的讓爺爺為他綁鞋帶。唉，這或許就是「現代二十四孝」的實境演出，百般寵溺下，一定會造就出養尊處優的小王子。現在連鞋帶都不學著綁，將來遇到問題，還能自己解決嗎？

寫作小練習

「警方公布珠寶店失竊當日的一名可疑男子身影，徵求目擊者提供此人具體細節。」請依據此敘述，發揮想像力，以短文寫出你的目擊內容——他會被定罪或洗脫罪嫌，就靠你囉！

10 怪獸國博物大賞

新的一年到來前，黑白獸小歪製作完《小怪大想》迎新特輯，卻少了過去將想法一傾而出的暢快，反倒像有什麼未盡之事懸在心頭。遇到這種狀況，小歪選擇整理書房，沉澱心緒。

博物大賞進行中

他抽出爸爸珍藏多年的《博物圖鑑大全》（儘管過時，爸爸仍捨不得把它丟棄），翻開電器單元，爸爸童年時的電視機，看起來就像巨型烤箱，功能與現在相比，陽春又落伍。

「我知道了！為了送往迎來，我應該編一本新版博物圖鑑！」小歪突然大喊出聲。但圖鑑該收錄哪些物品呢？他的腦袋動得飛快，打算將點子擴大為全民運動。

在他四處奔走聯繫下，距離新年還有十天的假日，怪獸小學門口立著「怪獸國博物大賞」看板，居民紛紛帶來自己覺得最值得收錄在圖鑑中的物品。

你與物品的關係

當天是難得的晴朗冬日，操場樹蔭下被擠得水洩不通，小歪拿起麥克風宣布：「各位朋友，歡迎加入新版博物圖鑑編輯小組！**這麼多物品，基於重要度、實用性、影響力或其他理由，被攜至此地，渴望編進圖鑑。**待會我會逐一採訪，請各位除了推薦原因之外，也與我分享你與物品的關係。」

吞吞怪咕啾扛來他專屬的沙發椅，只有沙發夠堅固，能撐得住大飽口福後倍增的體重；也只有沙發夠柔軟，無論吞下的食物是什麼形狀，令身體凸浮變形，都能安穩入座，「**禁食期間，它也帶給我安全感。坐上沙發，和家人同聚客廳，無法吃東西的焦慮總能緩解不少。**」

尖鼻獸小諾斯則攤開滿桌的口罩，那是他過去對氣味過敏，天天打噴嚏時的「貼身保鑣」。特製長幅口罩布，完美隔離了口罩外的世界與口罩內的尖長鼻子：「**說起安全感，口罩才是最佳代表**，不管外頭有多混亂，戴起口罩，彷彿是套上神奇面罩，就算是飛沙走石，也能勇敢前行！」

物品背後的意義

會場也有些令人一時間摸不著頭緒的物品，像是**噴火怪亂亂的破網子**。亂亂強調：「我要收錄的不是網子喔，一定要是『破網子』！」

有一回，他為了開發食譜去湖邊撈魚，網子卻被岩石勾破一個洞，「我覺得很好！

破掉的網子不只是細密的網格，對幼魚來說，就像開了一道逃生門，還能回到水中繼續長大。我喜歡懷著對大自然的善意烘焙烹飪，這張只取所需、不趕盡殺絕的網子，就是我的心聲。」

智慧獸威斯頓，頻頻點頭附和：「真好、真好！」

小歪拿起威斯頓帶來的物品，驚歎道：「這本老圖鑑連電視機都沒有，比我家那本還過時呢！」

威斯頓指指自己，眨眨眼：「**有些東西雖老，但不等於失去意義喔！把過去當作對照，能幫助我們更理解現在，知曉未來。**」

黑白獸選物推薦

毫無綠蔭遮蔽的操場正中央，一隻肚皮朝天的仰躺黑白獸，吸引大家的目光。冬陽將他的白毛照得逼近透明，像是沾著即將融化的霜粉；黑色細毛在陽光梳理下，也變得如松針般立體。

小歪跑了過去，大喊：「老爸──你怎麼躺在這兒？這裡可是博物大賞的場地耶！」

小歪的爸爸只轉了轉眼珠，慵懶回話：「我也來參展呀，我推薦的物品就是幸福之源──『陽光』！」

他接著往自己肚皮摩娑了幾圈，「發射光芒的太陽，彷彿伸長一隻又一隻金色手臂，輕柔為我進行『暖療』按摩。每回晒日光浴，總令我心頭充滿美好，相信溫暖明亮的季節永遠不會結束。」

怪獸們的幸福日光浴

小歪傍著爸爸躺平，黑白獸父子倆在暖陽下連成一

片融霜松林，參展的大夥也一個個加入日光浴陣容。

噴火怪亂亂讚歎：「陽光也是生命之源呀！小麥的生長關鍵，是陽光普照的乾爽氣候；有了品質良好的麵粉，才能製成美味餐點，餵飽眾多怪獸的肚子。」

接著，他搓撫自己的肚子，宛如能觸摸到肚子上的陽光一樣，「陽光是發源，也是消逝啊！」

智慧獸威斯頓聊起夕陽雖燦美，卻也惹人不捨、傷懷，「陽光日復一日散放、增長、消減、逝去，催促著我們老去，也提醒我們光陰的可貴呀！」

時光的結晶：博物圖鑑

小歪感到經歷這場「博物大賞」，博物圖鑑不再只是模糊的雛型，他坐起來，興奮念出腦海浮現的第一頁：

陽光

運作時間：等最後一顆星星收工回家後開始計時，到月亮現身接班時結束。

運作地點：詳見「運作說明」最末處。

運作說明：陽光送來生命，讓種子冒生新芽，纍纍果實轉為甜美，初生動物在光中睜開迷濛之眼。陽光送來幸福，驅走陰暗與寒冷，留下溫暖堅定的信念。陽光也送來警惕，用自身的消逝，砥礪著使用時間的我們。陽光不只在空中運作，更在我們的心中，搖盪幸福的金鈴鐺，也敲動諄諄告誡的警鐘。

元旦那日，小歪完成圖鑑編輯作業，封面的湖水綠底紙上，畫著一顆映在水中金蛋般太陽倒影。沿著水面波紋，則是小歪請威斯頓揮毫的書名──《時光的結晶：博物圖鑑》。

口罩、沙發椅、破掉的網子、老圖鑑……即使未來書中的某些物品將不合時宜，但它們都曾充滿意義，這是太陽起起落落、時間匆匆離去，也無法更改的事！

圖鑑編輯會

電玩的角色圖鑑，讓玩家對每個角色的能力和弱點瞭若指掌；香料圖鑑則幫助烹飪者辨識各種香料植物，補充知識並增進廚藝。

若要編輯一本博物圖鑑，該如何介紹物品，呈現「非收錄不可」的意義呢？以牙刷為例，不妨透過以下三個角度思考。

A 重要性（在哪些方面有無可取代性）

範例：

清爽的口氣，仰賴牙刷製造；坦然的微笑，背後有牙刷撐腰；無可取代的自信，也有牙刷功成不居。

B 實用度（功能的實際運作）

範例：

善用牙刷，讓牙刷當口腔清潔的保鑣，我們將不再害怕冰魔造成的酸楚、擔心齲軍抓了哪顆牙作俘虜；牙刷還能施展神奇駐顏術，日日施法，面容皎白的牙姑娘永遠不變黃臉婆。

C 影響力（包含具體、抽象，近期或遠程的影響）

範例：

睡前，牙刷刷去當日煩擾，使我們安穩入眠；醒後，牙刷將夢的碎片一一清除，為我們開啟明朗一日。牙刷影響夜的靜好、日的穩健，帶來完美的生活！

寫作小練習

歡迎加入《21世紀日用品圖鑑》編輯小組，請試著提供一項自21世紀以來，基於重要度、實用性，或其他理由，必須放進圖鑑中的日用品。請寫出日用品名稱及推薦原因。

11 不需要忌諱的那個字

近日，怪獸國響起久違的喪鐘，小不點怪泰妮的奶奶在睡夢中安詳過世。

聽說，奶奶在睡前還穿上泰妮親手織的毛線襪，讚歎道：「好溫暖呀，我真是最幸福的老怪獸！」滿足的心情凝結在臉龐，成為永恆的笑容。

泰妮心中的烏雲

即便如此，那報喪的鐘聲仍帶著一股灰暗苦澀，像一團黏呼呼烏雲，在初春多雨的街區四處遊蕩，只要遇到誰，就要把他給黏裹進愁雲慘霧之中——尤其是嬌小的泰妮，都快成為一朵巨大烏雲。

這陣子，她禮貌款待前來悼念的居民——奶奶的老友們到訪，她扶著蹣跚行步的老怪獸，參觀奶奶最得意的刺繡作品，包含她上幼稚園時，奶奶替她縫上芭比獸圖樣的書包；遠房親戚陸續登門，她也忙著安放行李、送上茶點。

泰妮沒有時間難過哭泣，或者——她認為自己不應該悲傷，因為幾乎每位親友都將「請節哀」三個字當作開場白，彷彿哀傷是必須節制的情感，溫暖一點的長輩，還會輕輕安慰：「奶奶是含笑離世，妳也要開心送奶奶離開喔！」

泰妮抬頭看看奶奶的相片，奶奶笑得像蓬鬆的蒲公英；她深吸一口氣，捏住發酸的鼻子，感覺烏雲又脹得更大了。

哭，就輸了！

大家都稱讚泰妮是堅強懂事的孩子，但黑白獸小歪卻覺得泰妮不大對勁。

對於沉重的烏雲來說，最佳的釋放方式就是盡情下一場滂沱大雨，因此小歪擔心，遲遲未哭泣的泰妮，會不會憋著滿肚子淚水，暗自傷心卻無處宣洩呢？

的確，面對奶奶驟逝，泰妮的哀傷逐漸在心中轉化為恐懼，她擔心死亡又會再次突襲，奪走她珍愛的一切。

從小，個性強悍的泰妮很少感到害怕，對於自己的這份憂慮，她絲毫不願服輸——哭，我就輸了！

於是泰妮變得敏感又緊繃，像是在心中埋下了以「死」作為觸動感應的地雷一樣，任何和死亡有關聯的事物，都會引起強力反彈。

對死亡的反彈

例如：「怪獸國史」測驗前一天的複習會議，黑白獸小歪對吞吞怪咕啾嘮叨著：「你『死』到臨頭才在抱佛腳『死』背，已經來不及啦！」

咕啾趴在桌上，一臉放棄的模樣大喊：「嗚嗚！我『死』定了！」

若是往常，泰妮鐵定會加入嘮叨陣營，好好念一念在禁食期尾聲更加懶洋洋的咕啾，但她卻從椅子上跳了起來，用全身的力量喝止：「住口！別再說那個字——」

下課時間，尖鼻獸小諾斯說明躲避球規則：「被球打到就『死』囉，必須出局！」

泰妮也驚聲尖叫，大家都以為球賽還沒開始，她就被砸中了呢！

泰妮甚至刻意用「五」取代「四」，連基本的數學運算也出了問題。

泰妮對小歪解釋：「我看書裡介紹，有些國家為了討吉利，會忌諱與『死』諧音的『四』，飯店通常不會有四樓，四位賓客也會用『三加一位』代替。」

那一場「告別4」

為此，小歪決定號召大家舉辦一場「告別4」，讓泰妮了解「死」其實是一件平常而自然的事，為「死亡」傷心流淚，更是理所當然。

他寫了張小卡片：

親愛的泰妮：

明天正中午請來威斯頓家，參加「告別4」，讓我們拋開那些忌諱，好好討論死亡，繼續好好生活！

妳的朋友小歪上

到了「告別４」的時間，所有參與者都很緊張，擔心泰妮逃避不來。

等了許久，電鈴終於響起，待泰妮坐下，威斯頓便率先發聲：

空屋之死

主人搬離後，巷子中央那幢空屋像是仍然靜靜等待主人回來，藤蔓逐漸繞著窗臺、欄杆，青苔覆蓋階梯，灰塵與蜘蛛網也霸占各個角落。

附近的住戶都不喜歡這棟房屋的陰森氣氛，總是繞路，後來再也沒有怪獸從房子旁邊經過。空屋已澈底被遺忘，那便是空屋的死亡。

緊接著是黑白獸小歪：

破輪胎之死

我對這個世界的認識，是從腳踏車開始。踩著踏板，感受到車輪高速運轉，載著我離開熟悉的生活圈，探索廣大的未知世界。

車輪在一次探險中報廢了，拆下破輪胎時，我感覺到那正是輪胎的死亡——往昔嶄新的橡膠皮已遍滿磨痕，消氣委頓。儘管如此，它途經的風景，仍然化作我心中無法取代的地圖。

死亡的美麗重生

獨眼怪雙胞胎由大大負責發言，力力則捧著一包泥土：

山茶花之死

山茶花陸續凋零時，國界山林逐漸蕭條，多看一眼，多一次唏噓。花的死是一瞬間的，但花的活，卻是從幼小蓓蕾開始，努力張開花瓣，在風雨陰晴中堅定於枝頭，直至盛放到最燦爛的時刻，才如一句滿足的嘆息般落地。

這樣看來，每朵花都像是不服輸的勇者、燃燒生命的藝術家，認真活過呢！

「更別說山茶花落在土裡，還會化成養分，滋養山林，就像奶奶留下的回憶會繼續陪伴我一樣──咦，那不就是另一種的復活嗎？」一抵達「告別４」便低頭不語的泰妮，其實正專心聆聽著參與者對死亡的描述，因此有感而發。

大家所說的死亡，為什麼這麼溫暖、充滿情感呢？她忽然覺得死亡沒那麼可怕，而且眼眶竟然熱熱燙燙的，一不注意，眼淚就如積蓄已久的水庫終於洩洪般，嘩啦嘩啦湧了出來。

無論是怪獸、動植物，或是沒有生命的物品，都有死亡的一日，也許是生命到了盡頭，也許是失去功能、狀態改變……死亡的原因有千萬種，但讓死亡不只是

「消失不見」的方法也有千千萬萬種。

泰妮知道，最美好的一種，便是讓奶奶活在她的腦海中——現在，未來！

萬物生死簿

我們可以理解植物、動物的死亡，例如：萎癟斷折的樹苗、一頭被獵殺的犀牛。但，原本就沒有生命的物品死亡，究竟是怎麼回事呢？

如何讓死亡沉穩如磐石、優美如詩篇？不妨從以下三個角度發想。

A 失去功能

範例：

失業後，他閉鎖家中，任由厚塵累積，終於有一天髒得看不見窗外景致。大家都說：「那是一扇死掉的窗戶！」而他無法再看見世界的心窗，也像是死了一般冷感。

B 狀態改變

範例：

他沒想到滿心歡喜、迢迢提來的生日蛋糕，一拆開，竟已倒塌得不成形。蛋糕簡直就像遭逢死亡意外的雪怪，原本的驚喜，也隨之變成驚嚇。

C 情感層面

範例：

失去主人疼愛的布偶，擺在房間一角，有如一場死去的美夢，讓那方小空間愈看愈淒涼

寫作小練習

「主人搬離後，這幢空屋像是仍然靜靜等待主人回來，藤蔓繞著窗臺、欄杆生長，青苔覆蓋階梯，灰塵與蜘蛛網也霸占各個角落。附近住戶都不喜歡這棟房屋的陰森氣氛，總是繞路，後來再也沒有人經過它，空屋已澈底被遺忘。」

參考上述示範，請在《萬物生死簿》上，寫下某物之死！

12 走自由的路

「**頂上花樣多，腳底功夫無。**」怪獸國有這麼一句諺語，不明就裡的人會以為是在調侃那些充滿奇思妙想卻毫無實踐能力的怪獸。

其實只要走一圈市街就可以發現，你能買到帽簷鑲著幾朵乾燥山茶花的草帽、低調的偵探帽、繡有千尾鳥的鴨舌帽，但絕對找不到賣鞋子的店家——是的，怪獸國的居民都不穿鞋！

第一位穿上鞋子的怪獸

不過，最近這句諺語被倒立怪昱音改成「**頂上花樣不嫌多，腳底功夫何必無**」——自從她迷上縫紉，在圖書館借閱世界各地的教學書籍後，便對書中那一雙雙造型變化多端、妥貼包裹住兩腳的鞋子格外感興趣。

昱音從「倒轉骨董店」裡翻出老皮革、舊花布，親自打樣製鞋，成為怪獸國首位穿鞋的居民。

倒立怪甲由看著女兒穿上棗紅皮鞋，鞋頭的花布蝴蝶結隨著腳步，像是真要搧翅飛舞起來。

甲由忍不住搖頭又嘆氣：「唉，造反了、造反了！為了穿鞋，竟然雙腳著地，還能算是『倒立怪』嗎！」

何必無小鋪開張！

其他居民卻露出羨慕的目光，把昱音「從腳到頭」端詳一番：「穿上鞋子後，妳的臉蛋更可愛了呢！」

「因為我過去老是倒立，你們沒機會欣賞呀！」昱音覺得自從有了鞋子，自己更加自信開朗，她特地在鞋底縫進柔軟襯墊，解決倒立怪頭重腳輕、容易重心不穩的問題。現在，她對鞋子懷有更大的夢想——

「請測量畫下腳樣，我會為大家縫製專屬於你的鞋子。」

昱音的「何必無小鋪」在倒轉骨董店前開張了，路過探看或專程前來訂製的客人擋在店外，一時之間造成堵塞。

甲由氣得搖頭又嘆氣：「唉，造反了、造反了！」但昱音絲毫不受爸爸情緒影響，細心交代測量腳長與腳寬的方法，畢竟怪獸國的居民量過身高、腰圍，就是沒丈量過自己的腳啊！

怪獸國的買鞋熱潮

獨眼怪雙胞胎力力和大大是最早收到成品的「有鞋一族」顧客，昱音也提出邀約：「希望有此榮幸，邀你們一週後大駕光臨，和大家分享穿

何必無
小鋪

鞋心得，一起推廣鞋子的美好。」

「何必無小鋪」愈來愈受歡迎，昱音也十分樂意介紹鞋子的知識。

當小不點怪泰妮交出腳樣，昱音瞇著眼睛說：「說不定這將是世界上最小的鞋呢！」

昱音聊起中國古代的「弓鞋」，那是為了纏足女性特製的鞋子，「為了符合審美和社會期待，當時的女性多從五歲起，便經歷多年用長布緊緊纏綁雙腳，使腳骨變形、肌肉萎縮的痛苦過程。人們讚美這樣的小腳為『三寸金蓮』，但雙腳的主人卻得忍受寸步難行的不便。」

泰妮不改潑辣本色，「天啊！這麼不自由的生活，要是我，一定會反抗的！」

我們的自由宣言

「自由」兩個字像打火石，擦過昱音的心，迸出火花。

最近她和爸爸的互動簡直像是初春突襲的寒流般

冰冷，尤其是心得分享會前夜，甲由見女兒埋首製鞋，立刻一陣搖頭又嘆氣：「唉，怪獸國從來沒有鞋子，我們倒立怪也一向以倒著站為特色，妳現在不只標新立異，還背叛傳統，為了穿鞋放棄倒立，造反了，造反了啊！」

昱音心中被老爸這番話激得波濤洶湧，她決定明天要在「何必無小鋪」發表「自由宣言」，大聲說出自己珍惜、憧憬的自由情境！

隔日，小鋪依舊熱鬧，昱音擺出她所有練習作品，有的縫線雜亂，有的歪斜不成形——

什麼是自由呢？自由是有所選擇，努力成為自己理想的模樣。身為倒立怪家族的成員，我從小依循傳統，學習以手代替雙腿，更有效率、安全的前進，多年下來，我也習以為常，直到對鞋子產生興趣後，我的世界像是原本只有一條路徑的森林，突然開闢出另一條步道，沿著這條道路走，我見到新的風景，感受到更多可能性。我依然是倒立怪，但現在，我能倒立走，也能正身步行。

對我而言，鞋子象徵做出選擇的自由，並為這份自由付出心力。為了穿鞋，我磨練製鞋技術，為不熟練步行的雙腳和體格反覆研究、實驗，打造最適合自己的鞋子版型。自由刺激著我進步、突破，願意為理想全力以赴！

宣言外的漣漪

昱音一說完，全場歡聲雷動：「好棒的鞋子！我也想擁有一雙！」、「爭取自由的昱音太帥了！」、「大大、力力，你們的穿鞋感言也那麼激勵人心嗎？」

大家靜了下來，準備聆聽獨眼怪雙胞胎的分享，先發言的是大大：

昱音為我製作保暖的室內鞋，它就像我的第二層毛皮，輕盈得幾乎感受不到鞋子的存在。我熱愛閱讀，沉浸在情節中，我能化身成任何角色，有時是率領海盜船四處尋寶的船長，有時是揮舞魔杖化險為夷的魔法師。閱讀時腦中暢快淋漓的想像，是不受拘束的自由。穿著室內鞋看書，再也不用擔心腳底受寒，被迫從自由的想像回到現實。

接著發言的則是力力：

和大大不同，我的鞋子是材質堅固的登山鞋。穿上它，步伐沉穩有力，每一陣清爽的山風、在山風中搖晃的枝葉，它們自在的姿態，使我的心擺脫煩惱束縛，更加寬闊，這是大自然與我分享的自由。身為雙胞胎，雖然形影不離，但我們仍各有所好。大大喜歡靜態的閱讀，我則熱愛戶外運動，就像室內鞋與登山鞋，也是選擇的自由。

唯一背對著這場分享會的，是骨董店裡的甲由。然而，方才的一字一句，他都聽進去了。甲由擦擦眼角，又嘆了一口氣，但他這回不搖頭了，「唉，頂上花樣不嫌多，腳底功夫何必無。我的女兒走出自由的路，不簡單、不簡單啊！」

我的自由宣言

翻開一本書，長出翅膀翱翔於情節中，是閱讀的自由；理性發表意見，交換看法，是溝通的自由；開心時放聲大笑，難過時以淚洗面，是情感宣洩的自由。人生路上，往左走或往右走，是選擇的自由。發表自由宣言時，可以試著從以下三個角度，思考自由對你而言的意義與價值喔！

A 重要性、必然性的比擬

範例：

溪流經過河石，發出淙淙之聲；狼群在白雪覆蓋的森林，以嗥音聯繫溝通；人們也是如此，渴望訴說的自由。

B 擁有的影響（不妨加上你自己的經驗舉例）

範例：

當人們擁有自由發言的權利，世界將成為一座繽紛花園，綻放各式各樣花朵。我們能暢談自己的意見，也能聆聽多方的見解，並學會彼此尊重，一起呵護這份表達與溝通的自由。

C 失去的影響（不妨加上你自己的經驗舉例）

範例：

無法自由表達心聲，有如在思想扣上一把鎖，我們成為自己的牢籠，囚禁真實的想法，也隔絕與外界溝通、接觸的機會。

寫作小練習

理想的生活是由許多「自由」組成。有的自由，我們享受卻不自知；有的自由，得奮力爭取。請發表你的自由宣言，寫下你珍惜、憧憬的自由情境。

第二部 不請自來的不速之客！

1 歡迎光臨，我的祕密基地

不速之客檔案1

小乖，五年級男孩。媽媽是朝九晚五的上班族；爸爸的拿手好菜是蜜汁叉燒，現在長年外派在異國工作。爸爸不在家時，小乖和媽媽像是玩「兩人三腳」，配合著對方，彼此扶持。

溜滑梯上的思念

星期六中午，我和媽媽吵了一架，跑到社區公園的溜滑梯上靜一靜。

自從爸爸派駐外地後，這裡就是我的祕密基地，想爸爸時，我就爬上這兒，懷念過去和爸爸在公園玩耍的時光。

午間的暖風把家家戶戶的飯菜香都吹來了，我聞到鄰居張媽媽在兒子棒球比賽前一天，一定會滷的「全壘打雞腿」，忍不住嚥了口水。

啊！好想念爸爸的蜜汁叉燒喔！要是爸爸沒去國外

工作，這時一定會「小乖，回家囉——」拉著尾音的來叫我回家吃飯吧！

攀上一朵打鼾的雲

「小乖，回家囉——」媽媽不知道什麼時候來到公園，雙手叉腰、一臉安撫的笑容：「好啦，快溜下來吧！你不是說自己長大了嗎？怎麼還那麼愛生氣呢？」

媽媽就是這樣，總不願跟我溝通，把我當成小小孩，好像我永遠停留在爸爸出國當天，還吵著要他陪我來公園玩的年紀。

這次，學校舉辦兩天一夜的露營，我期待好久了，媽媽卻以不放心為由，拒絕在報名表上簽章。

「我不是說過，這裡是我的祕密基地，如果我跑來這裡，代表妳暫時不能打擾我嗎？」玩耍的小孩似乎都回家吃午餐了，只剩我跟媽媽隔著空蕩蕩的滑道對峙。

這時，萬里無雲的天空出現一朵打鼾的白雲，它愈來愈沉，幾乎是我伸手可及的高度——這該不會是孫悟空的觔斗雲吧？

我趕緊往上一攀，「快！帶我離開這裡！」我對驚醒的雲大喊，希望它能帶我去一個媽媽找不到的地方。

誤闖怪獸國餅乾店

被雲甩下來時，沒吃午餐的飢餓已經強烈得讓我忽略摔進草叢的疼痛——啊！這竄進鼻子的香味，跟爸爸的蜜汁叉燒一模一樣！

我從草叢探出頭，看見掛著「噴火怪餅乾店」招牌的小屋，便迫不及待的跑進去。

但是，才推開門，我就後悔了，一頭巨大的水滴型怪物朝著烤盤噴出藍色火焰——該不會，他專門抓我這種愛生氣的孩子，做成蜜汁叉燒吧？

「歡迎光臨，是外地來的客人呀！想吃什麼呢？」對方異常熱情的大喊。

「蜜蜜蜜……蜜汁……叉叉……燒……」我顫抖的把蜜汁叉燒四個字說成好幾個字，怪物被逗得哈哈大笑，模樣似乎沒那麼可怕了。

他親切的邀我入座，還端出剛出爐的叉燒酥，我才知道這裡是「怪獸國」，而他是這裡的烘焙師——噴火怪亂亂。

聽我說完自己來到怪獸國的原因，亂亂似乎很喜歡「祕密基地」這個話題，「**這兒是我的祕密基地，我能專注書寫食譜，整理心情，並盡情揮灑創意，從烘焙中獲得滿滿樂趣和成就感。**」

「那我豈不是闖入你的祕密基地？真抱歉，我馬上離開！」雖然這麼說，叉燒酥的誘惑實在難以抵擋，我一塊接一塊，連盤裡沾著蜜汁的酥皮屑也不放過。

祕密基地的祕密

「別擔心，我雖然熱愛獨自烘焙的時光，但也樂意敞開大門，用點心和訪客交換心事。」亂亂揮揮手，不介意的說。

接著，亂亂告訴我，**祕密基地有各種形式，也許是具體的**，好比小怪獸們會搭帳篷，在裡頭講一整天笑話；**也許是抽象的**，就像最愛閱讀的怪獸國長老，一踏進文字構築的時空便忘了吃飯。

某些時刻，我們渴望進入祕密基地，期待祕密基地施展特殊功能。例如：隔絕討厭的事物、帶來平靜、獲得自由。因此，對擁有者來說，祕密基地具有不凡的意義。

「小乖，你要不要把你的祕密基地寫下來，整理一下心情？」亂亂從「心情食譜開發簿」撕下一張空白頁交給我。

「我……我試試看！」我有點緊張的說。

每當不被理解而感到委屈時，我就會跑到祕密基地—社區公園的溜滑梯上。祕密基地的大門需要一把獨特的鑰匙才能開啟，那就是我和爸爸的回憶。

我們是無話不談的父子檔，最愛同時從兩條滑道溜下來，雙手高舉，迎風喊出想告訴對方的話。爸爸總仔細傾聽，真誠回應我的發言。待在溜滑梯上想起這些往事，一旁的嬉鬧聲就像為回憶配音，讓腦海中的情景更加鮮活。這時，我的委屈總會慢慢褪去，取而代之的是和溜滑梯時一樣暢快、和爸爸的笑容一樣溫暖的情感。

溜下溜滑梯，從充滿回憶的祕密基地回到現實，我的心情已不一樣了。我想祕密基地也交給我一把鑰匙，打開心結，提醒我用開放的心溝通，就像爸爸坦誠對待我那樣。

充滿愛的祕密基地

當天傍晚，我帶著一盒叉燒酥，搭上亂亂招來的雲朵，回到社區公園的溜滑梯上。我原本以為回家鐵定挨罵，但媽媽卻給我一抹理解的微笑。

「媽媽，妳有祕密基地嗎？」我忍不住問。

「有啊！就是這個家。白天工作的疲憊，只要打開家門，一瞬間便化為烏有。在家裡，被熟悉的日常、所愛的人圍繞著，就是最好的修復，能將擔憂和倦怠轉化為再次出發的動力。我想，踏出這個祕密基地的成員，一定都有飽滿的能量迎接挑戰，像是在國外工作的爸爸、通勤上班的我，還有即將去露營過夜的你。」媽媽平靜說道。

我從沙發上跳起來，擁抱剛咬下叉燒酥的媽媽，「真的？我可以參加露營了嗎？哇，太開心了！」

「嗯，這叉燒酥真好吃，有『爸爸的味道』呢！」媽媽微笑著說。

如果有機會，我要再去一趟怪獸國，告訴亂亂，現在的我多了另一個祕密基地──家。希望到時爸爸已經回國，讓我帶著他的蜜汁叉燒當伴手禮送給亂亂！

我的祕密基地

生活中，為了暫時逃離不想面對的事物、避開現實的危機，或者僅僅享受獨處時光，我們需要一個安全的「藏身之處」，也許無人知曉，也許只有自己能找到「入口」。這祕密基地可以是具體的地方（自己的房間、某張沙發、某間餐廳），也可以是抽象的狀態（閱讀、彈琴、畫畫、打電玩）。

幾乎每個人都有一兩處祕密基地，而祕密基地之所以特別，在於擁有者與它有著緊密且獨一無二的聯繫。為了凸顯此點，不妨從以下三個角度，書寫你的祕密基地喔！

A 基地的形式

具體或抽象的？無人知曉的，或是和某群人共享的？

範例：

我的祕密基地雖然無法測量具體的空間大小，卻在重複之中，創造出開闊心境，那就是約翰·帕海貝爾的《D大調卡農》。

B 進入時機與訣竅

什麼情境下會渴望進入？進入需要什麼方法？

範例：

身為考生，背負著極大壓力，每當焦慮占領心頭，我便戴起耳機、閉上雙眼，讓音符引領我進入祕密基地。

C 行動與影響

在祕密基地中會做什麼事情？帶來的影響是什麼？

範例：

最初，樸實無華旋律像清澈流水，洗淨躁動心緒；隨著樂曲氣氛漸漸揚升，我彷彿一階一階踏上螺旋梯，迎向明亮美好之處。當樂聲歇止，我摘下耳機，睜開眼，從祕密基地回到煥然一新的現實。

寫作小練習

請以「我的祕密基地」為題，寫下你會在什麼時機進入你的祕密基地？在那裡你都做些什麼事？或者進入祕密基地需要什麼訣竅嗎？

2 一ㄣ天的氣象報告

不速之客檔案2

殷天，獨居、在家工作的接案插畫家。二十九年來，對自己最不滿意的部分就是名字，計畫在三十歲生日當天要正式改名。

殷天的陰天

又是梅雨季！漫長、無趣、令人發悶的梅雨季開始了！我在電話裡向老妹抱怨天氣，換來她一陣調侃：「拜託，妳又不用出門通勤上班，一樣乾乾爽爽待在家，哪有差呀！」

有差，當然有差，閉關在家裡畫稿，最需要的就是滿室陽光，將草稿線照得生動；若有呼息，塗上的色彩也能像蒙受太陽神阿波羅眷顧，變得更加光彩奪目。

不像我的名字──殷天，黯淡無光、潮溼沉重。聽說我出生那天，密雲遮日，老爸隨口一句：「就叫這孩子殷天吧！」輕率決定了跟隨我一生的這兩個字。

小學時，同學們總愛起鬨：「**殷天來了，等等就要下雨了！**」正因如此，從小每一場美術考試、比賽，到現在為接洽工作準備的個人作品集，我的圖畫從未出現過烏雲或雨滴——我只畫晴天，一定要畫得又暖又亮！

乘著白雲開啟旅程

我特地掛上的晴天娃娃，一臉笑意面對連綿多日的雨景，絲毫不明白我的苦惱：原本計畫三十歲生日要澈底告別這個不討喜的名字，但日子愈來愈近，我還是想不出完美新名。

站在陽臺，正午天色依然晦暗，衣服晾了兩天還是溼答答的。我朝天嘆氣，發現一朵白雲像被烏雲排擠般，游離在最外圍，有如夢遊的小白羊——

「**要是你能帶我去個天氣晴朗的地方，該有多好……**」

咦？這是怎麼回事？如果身上有畫具，我一定要把眼前風景畫出來！我做夢也沒想到，自己真的被一朵雲載到異地，尤其是這兒的太陽格外明亮，一道道光芒化作各種笑聲，帶來歡樂。

山茶花在光束嘻嘻哈哈搔癢下，更加盛放；空蕩蕩的崗哨亭，被光線呵呵簇擁著，頓顯威風豪邁。太陽不遺漏任何地方，再細碎的葉縫，陽光也咯咯咯輕笑，靈巧穿過，到另一片葉子上逗留。

誤闖怪獸國

「真是理想的大晴天！」就在我讚歎之際，兩頭獨眼怪獸從樹叢裡跳出來——

「可惜呀，明天就要變天了。」

「你是誰？為何闖入怪獸國？」

說是兩頭怪獸，他們的側身卻緊緊相連，像連體嬰一樣。儘管陽光讓他們的大眼睛好似果凍般澄澈透亮，我還是緊張的結巴：「殷、殷天。」

果然，我的名字又招惹誤會了！

「是的，氣象預報說明天是陰天。」

「還不快報上名來！」

連體嬰怪獸一步步逼近，我嚇得蹲下埋住臉大叫：「殷天！殷天就是我的名字，我最討厭陰天啦！」

「殷天，這名字很可愛啊！」原來，獨眼怪雙胞胎大大和力力負責在山茶花林看守國界，知道我對名字和天氣的不滿後，他們告訴我，幾乎每個搭乘雲朵拜訪怪獸國的旅人，都帶著疑問而來，並順利卸下迷惘，豁然開朗離去。

「明天妳跟我們一起巡視國界，感受陰天的迷人之處吧！」

各種天氣的細節

隔了一日，果然如「陰偶陣雨」的預報，昨天恣意歡笑的陽光已變得靜默無聲——陰天總讓人感到一片死寂。

「妳確定嗎？」力力聽了我的想法，告訴我天氣其實不只是如字面上單調、千篇一律，不同時刻的晴天，陽光有千百種姿態。同樣的，陰雨、颳風，各種天候，

也會因為時間、環境、心情與行動，而有層次豐富的細節。

「妳要不要先拋下對陰天的成見，發揮身為插畫家的敏銳和細膩，捕捉陰天的可愛之處呢？」大大遞來《國界日誌》，一日一頁，全是密密麻麻的觀察筆記——當然也包含昨天的「殷天入境紀錄」。

「今天這一頁就拜託妳囉，妳就當作氣象報告來寫寫看吧！」

我跟著獨眼怪雙胞胎穿梭在花樹之間，不一會兒，天空降下小雨，起初我只想逃到能避雨的地方，但力力拉住我：「別急，和這場雨認識一下！」

一顆顆雨滴沾溼外衣，我忍不住打了個哆嗦，渾身一顫，竟忽然如開竅般靈光乍現。

陰天氣象報告書

在獨眼怪家洗過熱水澡後，我完成〈陰天氣象報告〉。

今天的雲懷著挑釁的興致，向花期已近尾聲的山茶花宣戰，看誰能一層疊著一層、一瓣疊過一瓣，排出最緊簇的隊形。雲朵愈疊愈厚，將陽光遠遠擋在外頭，於是熱愛陽光的山茶花低垂著臉，認輸了。厚雲驕傲的在花瓣印上屬於落敗者的陰影，卻不知道那些暗影一襯，讓花朵更顯嬌嫩。

忽然，像是有人伸手將濃雲隊伍擰了一擰，雨疏疏落下，像終於獲得自由的孩童，在各處玩著溜滑梯。有的從崗哨亭陡峭的屋頂一溜，騰空飛了起來；有的溜過一葉又一葉，留下瀟灑的水痕；也有的溜了一陣，在山茶花瓣上凝成圓滾滾的水珠，彷彿遺世入夢。

雲層壓得更低了，我和新認識的朋友同時朝天空伸手，想要抓下一朵雲。我們發現彼此想法一致，笑得像淅瀝淅瀝的雨聲，那正是陰天裡最動人的聲音。

次日，我乘著雲朵離開怪獸國。雨後乍晴，小白雲沿著彩虹軌道溜行，瞬間就回到還晾著衣服的陽臺。

大大和力力說得沒錯，怪獸國真的能為旅人解開疑惑。我搬出畫具，和衣服一起享受梅雨季難得的日光，一邊畫出怪獸國的陰天。

明天就要三十歲了，該換什麼名字呢？或許，就繼續叫殷天——殷殷期待著不同的氣象帶來豐富多彩的每一天吧！

天氣報告書

氣象預報通常透過簡單明瞭的短句，讓人迅速掌握一日天氣資訊；但細細體會，天氣的變化充滿各式各樣細節，絕非「多雲時晴」、「午後雷陣雨」能概括描述。不妨透過以下三個角度，讓你的「天氣報告」更加立體、鮮明喔！

A 感官捕捉：從視、聽、嗅、味、觸覺展現，令天氣更生動。

範例：

降雨前，整座城市彌漫著潮溼的腥味，吸飽水氣的水泥牆面看來比平常更加暗沉。對牆練習踢球的孩子像是預先知道降雨的節奏，一踢一砰間，雨也滴答、滴答落下來。

B 凸顯時機或環境：具體描述特定時機與環境，令天氣更特別。

範例：

烈日當空的端午節，薰風拂來，有如揭開粽葉時竄出的熱氣，讓人渾身汗膩。無雲的藍天倒映在河面上，一支支使勁划動的船槳像要攪碎水中的驕陽，卻無損於陽光的毒辣。

C 心情與行動：感受者本身的狀態，也會帶來不同的天氣體驗。

範例：

突如其來的太陽雨，讓戶外婚禮的賓客們一陣手忙腳亂。雨絲在陽光照耀下像金色紗線，彷彿仙女們正為雲朵繡上金縷衣。她看得入迷，捨不得從新娘席起身，儘管沾溼禮服，仍覺得自己是受眾神祝福的幸運兒。

寫作小練習

請以「〇月〇日天氣報告書」為題，細寫你對天氣及環境變化的觀察與感受。

3 老毛的社會診斷

不速之客檔案3

毛爺爺，喜歡大家稱呼他「老毛」。從家電維修部門退休後，他自詡為「社會觀察家」，天天健走散步，一邊蒐集社會觀察資料。

退休後的社會觀察書

亂丟菸蒂，加一；機車違停，加八——唉，人行道都被占據了，老毛我日行萬步鍛鍊的腿力再好，要通過橫列斜插的「機車陣」也是舉步維艱。

這都是因為一個星期前，有個「網紅」在路口打卡拍照，寫著：

跟我一起在人生交叉路口迷惘吧！

#命運的青紅燈

之後，和故障紅綠燈合照的人潮不斷，擠得水洩不通。

老毛我大概是真的老了，不懂得三燈齊閃的號誌燈到底有什麼吸引力，且來數數今天盲從跟風的民眾有多少——一、二、三、四……加三十五！

畫下七個正字，我闔上寫著「社會觀察書」的封皮。

過去，我埋首於維修家電用品，為顧客解決生活上的疑難與問題。有人說，老師傅憑的是「手感」；但老毛我可不認同，長年工作下來，我最在意「精準」，只有精準抓出錯誤，才能完全修繕「壞處」，對顧客掛保證：「沒問題了！」

天邊那朵神奇白雲

退休後，太太怕我閒得發慌，建議我培養運動習慣，於是我每天沿著固定路線健走，不超過一萬步不罷休。

漸漸的，我注意到社會上也存在著許多疑難毛病，為了更精準了解，我開始帶著紙筆記錄，成為一位退而不休的「社會觀察家」。

當然，觀察活動或多或少影響我的心情，關注著人們有哪些不當行徑，並且記錄這些社會現象，總令我有不勝唏噓之感。

連太太都說：「再觀察下去，老毛都要養出『老毛病』了，老是唉聲嘆氣的！」

電器、人、社會都會故障、出問題，大概只有輕盈飄然的白雲不會。該折返回家吃午飯了，今天腿竟然有點痠，我伸手對天空唯一一朵雲開玩笑：「**嘿！載老毛我一程吧！**」

遇見怪獸國長老

沒想到，那朵雲像聽懂人話般朝我飛降，待我抓攀而上，立刻乘風高飛。

我半瞇著眼，想著：「這下奇了！老毛我活到六、七十歲，第一次親身體驗《西遊記》裡的觔斗雲是真的！」

然而，隨著白雲一抖，跌落在地後，我又心生懷疑：該不會是自己太在意拍照人潮，做了奇怪的白日夢吧！

一個模樣有如紅綠燈的怪獸，拄著枴杖，彎身打量我，三顆燈──不！是眼睛，閃爍著紅黃綠光芒，簡直和路口的故障號誌燈如出一轍！

「嗨，您好，我是智慧獸威斯頓，歡迎來到怪獸國。」

怪獸的眼睛切換成綠色，散發一股寧靜的力量，我扶著他遞出的枴杖起身，簡短介紹自己。

原來，威斯頓是怪獸國卸任一陣子的長老，退休後曾遊歷各國考察，看來我們的志趣相同，難怪有一見如故之感（當然，他那紅綠燈般的長相也是原因之一啦）！

少了什麼的社會觀察

威斯頓對我的社會觀察十分好奇，邀我到他家中作客。

趁他專心研究「社會觀察書」時，我也注意到屋內有幾樣電器，已經老舊故障，便捲起袖子修理。

不一會兒，接觸不良的煮水壺又能順利熱沸，鬆脫的風扇也重新呼呼吹送清風。

威斯頓發出滿足的讚歎：「啊！好舒服的風啊，真是太感謝您了。您記下豐富的社會現象，這些都是非常珍貴的統計資料——不過，似乎還少了什麼。」

「少了什麼嗎？我倒覺得它讓我生活多了什麼——就像我太太說的，養出了嘆氣的毛病。」我搖搖頭。

威斯頓的三眼閃過鮮黃光芒：「等會兒『小小智囊團』要來開會，您要不要留下來聽一聽呢？」

於是，我認識了年紀和我孫子相近的黑白獸小歪、小不點怪泰妮——小不點怪真的好小，我謹慎控制鼻息，深怕一不小心就把她吹飛了。

社會診斷啟動！

「小小智囊團」來此舉辦「社會診斷會議」，分享細察怪獸國現狀的心得，這不正與我的社會觀察不謀而合嗎？

小歪在桌面立起寫著「囤積病」的字板，說著：

最近，怪獸國民心惶惶，原因是有傳聞指出，國界的山茶花林因蟲害接連枯黃萎死。擔心缺乏原物料，居民們紛紛衝進商店，大肆採買山茶花相關商品：早餐必備的山茶花果醬、山茶花樹皮製作的衛生紙、鎮痛的山茶花軟膏，連不是民生必需品的山茶花香水都搶購一空。

泰妮指著囤字接續說明：

有的居民囤積的果醬即使照三餐搭配，仍無法在保存期限內食用完畢；有的居民必須更動家中裝潢，才能擺放大量衛生紙。因害怕匱乏而衍生的「囤積病」，也使得真正有需求的居民面臨無法購買的窘境。

面對傳聞，大家得先判斷消息真偽，我們詢問了駐守在國界的獨眼怪家族，得知山茶花林依然健康，五六月原本就是花樹的修剪時機，與蟲害無關。

此外，雖然「有備無患」是正確態度，但也必須理性控制數量，破除自私心態，才不會造成壟斷資源的負面效應。

聽完「小小智囊團」的觀察與省思，我不禁拍案叫絕，差點把泰妮震下桌。

我明白威斯頓說的「**少了什麼」，正是指觀察後，針對社會現象、病症進一步提出建言**，這的確比純粹統計數據更有建設性，也更能精準修繕問題啊！

看來，「社會觀察書」應該改成「社會診斷書」了！我想，初回診斷就獻給路口拍照、盲目從眾的人們，以此紀念與紅綠燈——喔不，我是指智慧獸威斯頓的相遇！

可以預見的未來

醫生為病人看診，針對病況開處方，提供療養建議，幫助病人早日康復；社會的毛病與問題，則有待每一個人提出「治療建言」。

你可以試試看由以下三個步驟，寫出你的「社會診斷書」。

A 提出問題：交代某種社會現象的背景，並賦予此現象「病名」。

範例：

在科技發達的時代，智慧型手機的普及使人們埋首網路世界，而疏於實際交流，「低頭冷漠病」有如文明瘟疫般，蔓延在各個角落。

B 現象舉例：

範例：

在大眾運輸上，人們低頭專注於一方螢幕小世界，無視於有讓座需求的乘客；即使和家人同桌吃飯依然鴉雀無聲，各自夾菜配手機，頭也不抬，彷彿手機才是自己共餐的對象；甚至出遊時，忽略了明媚風光，對動人的聲響也充耳不聞。

C 治療建議：找出問題癥結，寫下改善方式。

範例：

也許，「低頭冷漠病」源於對資訊的焦慮與手機遊戲的沉迷。我們應該適時放下手機，關注身旁人們與所處環境。認真傾聽與回應，將會為生活注入暖流；而抬起頭，將能發現世界有無窮的美妙等著我們探索。

寫作小練習

試著以「社會診斷書」為題，觀察社會現象，提出社會病症，並為病症命名，抒發你對此現象的看法，以及你的治療建議。

4 奶嘴哲學家與吸塵器詩人

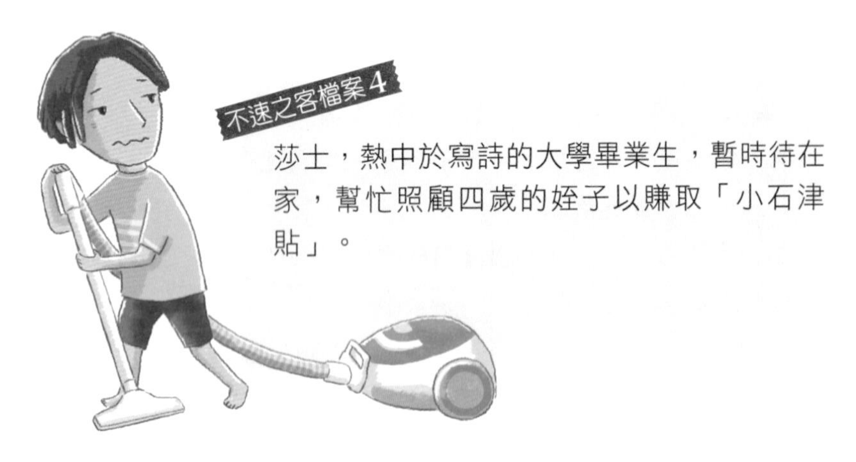

莎士，熱中於寫詩的大學畢業生，暫時待在家，幫忙照顧四歲的姪子以賺取「小石津貼」。

小石的十萬個為什麼

「嗡嗡嗡——嗡嗡嗡——」這不是輕快的〈小蜜蜂〉童謠，而是我的「為什麼防護罩」。

大學畢業的這一個月，我原本打算在家靜心思考生涯方向，卻時時刻刻抓著吸塵器，吸過地毯、探進沙發底下，不肯遺漏任何角落，彷彿神經兮兮的潔癖患者，連我媽都擔心我是不是情緒太緊繃導致行為異常，既試探又安慰的說：「莎士，思考出路可以慢慢來，別給自己那麼大的壓力喔！」

其實這和焦慮人生規劃無關，而是因為只要關閉吸塵器電源，取而代之的，必定是我那四歲姪子小石，摘下奶嘴，用尖嫩童音喊著：「莎士叔叔，為什麼──」

諸如「為什麼翻書時有風？」「為什麼鞋子要分左腳右腳？」「為什麼球會滾？」「為什麼阿嬤皺紋那麼多？」成串問句如一支支突襲奇兵，侵門踏戶趕走我的創作靈光。

莎士叔叔的苦惱

唉，照理來說，畢業後這段清閒時光，我應該是拿著筆，伏首桌前寫詩；如今卻只能抓著吸塵器，苟求一份「寧靜」。

每天，哥哥上班前會先把小石送來託給媽媽照顧，我的「**為什麼攻防戰**」也如火如荼展開；直到哥哥下班接小石回家，我才能抖落一身煙硝，回到書桌，撿拾我腦中殘存的詩句。

有一次，我忍不住提議：「哥，你好歹也給我一些津貼補助吧！」我那正經八百的哥哥居然解釋起所謂「津貼」，是補償額外勞動或支出的工資。

我一邊將像小毛猴般圈吊在我背上的姪子抓下來，一邊附和他：「正是如此！我沒料到只是待在家裡思索人生，不光是耗體力，還費腦筋，要應付小石的十萬個為什麼，我快身心透支啦！」

被白雲「盛」到天際

就這樣，今天早上我從哥哥手中接下第一份「小石津貼」──當然也接下還在起床氣的小石。

「為什麼要起床？」「為什麼賴床不能賴到晚上？」「為什麼爸爸說不可以吃奶嘴？」小石像報復著早起的不愉快，直到中午仍然喋喋不休。

我媽搖著頭求饒：「莎士，拜託帶小石出去走走，讓我耳根清靜一下吧！」

才剛踏出門，小石一手摘下奶嘴，一手對著天空唯一一朵白雲撈抓：「為什麼雲不載我飛到別的地方？」

這時，白雲突然飛降，有如湯勺朝我和小石一舀，我們就被這麼「盛」到天上！

看著小石咬回奶嘴，嚇得說不出話，我忍不住竊笑——啊！乘雲的快意，多麼適合寫詩啊！

為吸塵器發聲

我們在不知名的鐘塔降落，一個頭頂著碟子的怪獸正在維修大鐘。

「為什麼他長得那麼奇怪！」我雖然用最快速度摀住小石的嘴，但為時已晚。

那怪獸停下動作，說：「嗨，你們是怪獸國的新客人嗎？我是這兒的『聲館長』——收音獸阿波。」

互相自我介紹後，阿波帶我們參觀，解說藏音室開放民眾來此描寫聲音特質；凡是被記錄下來的聲音，像是有了核可證書，能在怪獸國發聲。

「請問這裡有沒有吸塵器的聲音？我也能幫

吸塵器寫兩句話嗎？」我問。

「當然囉！」阿波爽快回答。

接著，阿波端詳我在表單寫下的句子：「**以自身的奔忙，掩蓋全世界的疑惑。**」還一邊聽我補述關於吸塵器、小石與我的互動。

從問題誕生的詩作

「喲！小石是個哲學家呢！」阿波轉身稱讚小石，「**哲學家就是『在不疑處有疑』，透過發問，帶動思考，展開尋求真理的過程。**」

說完，他又轉向我：「面對小石哲學家的提問，正是你揮灑詩興的好時機呀！孩子除了對世界充滿好奇，喜愛不斷追問之外，也擁有浪漫童心，能夠理解詩文裡的奇思妙想！你要不要試試看，將問題視作每一句詩誕生的前奏？」

小石拉開一格格收藏聲音的抽屜問：「**為什麼世界上有這麼多聲音？**」

阿波彎下腰，附在小石耳邊回答：「**因為這樣才能在各種聲響中尋寶，發現最愛的人呼喚你的聲音呀！**」

不誇張，這是我第一次看到小石雙眼閃現驚奇的光彩，他滿足點點頭，又像是不滿足點頭要求：「再來！再來！」

哲學家的問題與詩人的答案

「**為什麼莎士叔叔老是說『我要寫詩不要吵』？**」

阿波看向我，用眼神暗示「這題只有你能回覆啦」！

我想了一想：「**因為寫詩是用夢境交換一則祕密，必須靜靜進行。**」

小石晃了晃腦袋，彷彿正消化著曖昧不明的答案，「**那什麼是詩？**」

「**詩跟你一樣，是個小寶寶，他是心和文字的小寶寶！**」我答。

小石哼了一聲：「我才不是小寶寶！」

我笑了：「是嗎？你那麼愛吃奶嘴，當然是小寶寶囉！」

「那你的詩也會吃奶嘴囉！」小石不甘示弱。

阿波見我們鬥嘴，笑著鼓掌：「看來你們的問題解決了，該動身返家，別讓老人家掛念啦！」

我抱著小石乘上雲朵，一路懷著寫詩的心情，有問必答——

為什麼天空這麼藍？

因為飛翔的小鳥尾巴藏著藍蠟筆

慢慢將天空上色

為什麼天空有時候像紙一樣白？

因為白雲知道了太陽的心事

它們遮住天空

讓太陽在後面放心嘆氣

為什麼太陽晚上不見了？

因為它也想躺在床上

數一數天上的星星

為什麼睡不著的時候要數羊？

因為一隻隻小羊跳進夢裡

變成軟綿綿的大床

為什麼會做夢？

那是白天來不及寫的詩

提醒你別把它忘記

回到家後，媽媽難得擺脫問題與吸塵器干擾，正在房裡午睡。

小石望著緊閉的房門問道：「為什麼阿嬤在玩躲貓貓？」

我想，再次拜訪怪獸國大概不可能了，也許這趟經歷更像一場白日夢——但正如我給小石的答覆：「寫詩是用夢境交換一則祕密。」無論未來怎麼發展，我會繼續寫詩的，這是我跟自己約定好的祕密！

十萬個為什麼？

你喜歡對這個世界發問，提出一個又一個「為什麼」嗎？那麼，你是否能揮灑浪漫奇想之心，給自己一個答案呢？

如何同時像哲學家敏銳提問，又能像詩人般在答覆中揮灑浪漫奇想，寫下可愛的問答詩呢？不妨從以下三個角度思考，羅列你的創作點子喔！

A 提問方向

可從生活觀察、自然環境、心理感受、人際關係、人生思考、抽象價值等各種角度思考。

範例：

為什麼難過時會想哭？

B 回答方式

發揮童心，融合想像力或適當幽默感，打破既定框架——不給出「理所當然」的答覆，是讓答案充滿魅力的關鍵。

範例：

為什麼難過時會心痛？
因為流下的眼淚是一頭一頭犀牛
成群結隊
往心裡衝撞

C 問答之後，再一組問答……

為每一組問答設計「連結密碼」，也許是答案中某個詞語，成為下一組的提問，增強連貫感，也能使作品更有整體性。

範例：

為什麼難過時會心痛？
因為流下的眼淚是一頭一頭犀牛
成群結隊
往心裡衝撞

為什麼犀牛愈來愈少？
因為牠們失去的角
變成無數個箭頭
指引牠們離開危險的世界

寫作小練習

請以「為什麼……」為發語詞，一問一答，寫一首充滿趣味奇想的小詩，建議行數不超過20行。

超人哥的日常變身

不速之客檔案5

超人哥，在夜市販賣親手製作的面具。他從不透露年齡，被客人喊作「大叔」、「阿伯」時，會擺出介意的模樣說：「叫我歐巴（注），才能算便宜喔！」

注：歐巴，韓語的「哥哥」，是女性用來稱呼比自己年長的男性。

夜市裡的變身面具鋪

夏夜是最適合逛市集的時候，晚風吹散一整天的疲勞悶熱，為大家換上清爽無憂的面容。

我最喜歡客人站在攤前，對著琳琅滿目的面具凝神挑選，然後開心指向其中一副，喊出：「我要這個！」

無論是西部牛仔、妖柔狐仙、機器戰警……當他們一戴上面具，就像有魔法般，舉手投足、語氣聲調立刻與面具角色融為一體，堪稱「最華麗的變身」！

從小，我就格外害羞，隨媽媽上菜市場，必定是緊揪媽媽衣角，躲避各個攤鋪叔叔阿姨們的招呼聲。

直到小學美勞課，戴上自己設計的超人面具，我竟一改平日的木訥，吆喝同學們在校園裡玩英雄除害的遊戲，還慢慢培養出俠義豪氣，得到「超人哥」的稱號。

從此，我熱中於面具製作，以陶土打造立體臉型，加上彩繪技術愈來愈純熟，便開始在夜市經營「超人哥變身面具鋪」。

這一夜的慘淡生意

我傾力製作面具時，總是不發一語，謝絕旁人打擾；但做起生意，我舌粲蓮花的推銷口才，總能逗得客人不分男女老少，全都喊我「歐巴——歐巴——」。

然而，今年夏天實在太熱了，尤其是下過午後雷雨的夜晚更是悶得喘不過氣，夜市人潮驟減，面具的生意也跟著一落千丈。

這個晚上，難得有一位上班族站在攤前打量，我趕忙招呼：「歡迎喲！戴上面具，來場華麗變身吧！」

「唉，我們天天換過一張又一張面具生活，又何必特意買一張面具來戴呢？」他扯下領帶，塞進西裝外套口袋——那西裝像吸收了一整日辛勞與汗水，顯得有氣無力的。

我們朝彼此苦笑做為告別——當然，整個晚上，我的業績正如那抹苦笑，既無奈又苦澀，非常慘淡。

與小諾斯相遇

睡了一覺醒來，那位上班族的話語像在心上長了疙瘩，使我無法專注，靈感蕩然無存。

買午餐的路上，我忍不住嘆氣道：「天啊！讓我看看幾張有特色的面容吧！」

歐巴的魅力果然強大，一朵狀如大爪的白雲像被我召喚而來，抓起我高速飛行——就這樣，我與怪獸國的尖鼻獸小諾斯相遇了！

說是相遇，其實我是毫無超人架勢的摔在小諾斯面前，而且一看到他，我立刻大喊：「這是我見過最有趣的面具！」

扁平的腦袋凸顯了長鼻子的立體感，那奇特的比例實在太可愛了。

「沒禮貌，這是我的臉，才不是什麼面具啦！」正坐在家門前，為《怪獸國日報》專欄苦尋靈感的小諾斯，哼哼鼻子反駁，我才發現那是一張「貨真價實」的臉蛋。

一個人，好多面具

同為靈感枯竭的創作者，我們聊得特別起勁，自我介紹完後，我忍不住發牢騷，分享前晚那位上班族的那番話：「不買面具就算了，你說，怎麼可能每天換著一張張面具生活呢？」

小諾斯看看我，「我們現在就是帶著『**創作者面具**』交流，我談寫稿的瓶頸，你也聊製作面具的樂趣呀！**大家總是會配合人事情境、身分角色改變等因素，展現不同樣貌，不就像是換面具一樣嗎？**」

小諾斯把我拉進客廳，指著桌上印著「防蠅須知」的宣傳單，「怪獸國有一種叫『哈啾蠅』的昆蟲，專門寄居在怪獸的鼻子裡作亂，要是牠飛進尖鼻獸敏銳的長鼻中，可是會打半年以上的連環噴嚏哩！聽說光是聽到牠振翅的聲音，我媽媽就會嚇得跪在地上縮成一團，全身發抖……」

我出聲打斷：「等等，為什麼是『**聽說**』？」

小諾斯聳聳肩，「因為我從沒看過被嚇得六神無主的媽媽呀！只要戴起『**母親面具**』，她可是什麼都不怕，就算哈啾蠅蜂擁而來，她也會化身為我的『捕蠅網』，向哈啾蠅宣戰呢！不過，如果爸爸在場，媽媽就會換上『**嬌妻面具**』，讓爸爸英雄救美。」

生活面具誕生！

這一刻，我理解了小諾斯的意思。

我總是費盡心思打造最怪奇酷炫的面具，但其實放眼望去，認真生活的人們：為業務勞心勞力的上班族、為母則強的媽媽、苦尋靈感的作家，都是一張張生動臉譜——就連我也是隨著日夜更迭，切換著木訥安靜的「**工藝師面具**」和幽默熱情的「**攤販老闆面具**」——當然還有家庭聚餐時，戴上永遠長不大的「**兒子面具**」，當爸媽最寵愛的寶貝。

我恍然大悟，這才是真正的變身呀！

靈感湧現的我，迫不及待告別怪獸國，趕回家揉製「生活面具系列」；在等待陶土風乾的時間，我想起戴著「創作者面具」的小諾斯所給的臨別建言：「超人哥，試試看幫面具寫文案，說明面具的出現情境、發揮作用和影響，一定更能引起共鳴！」

因此，我拿出紙筆，寫下第一篇介紹——

生活面具一號

當天色由藍轉橘，慢慢被紫黑覆蓋，城市燈火一盞盞點亮，就是我戴上「攤販老闆面具」的時刻！

我邊整理商品，邊做發聲練習，讓沉默了整個白日的嗓音活躍起來；等客人現身，我就會扯開喉嚨高喊：「來喔！戴上歐巴親手打造的面具，來場華麗變身吧！」

待客的熱忱使我氣色紅潤，雙頰也因充滿笑意而鼓起；而最令我興奮的，是看著顧客戴著面具向我揮手道謝，那是和創作當下的快樂截然不同的滿足感！

不知道會不會有人發現，「生活面具一號」就是老闆本人；而這面具，又是否會因為歐巴我的高超魅力造成瘋狂搶購，讓生意重振旗鼓呢？我實在太期待了！

面具盤點大會

為家務事苦惱的餐廳店長，一見客人上門，立刻戴上和顏悅色的面具迎接；在舞臺上發光發熱的歌手，摘下從容大度、魅力十足的面具後，也許毫無自信、膽怯焦慮；在家調皮搗蛋，有如小霸王的弟弟，一進教室立刻乖順得像一隻小綿羊。

人們在不同情境中，會戴上「面具」，隱藏某部分的自己，展現另一種樣貌。

我們可以從以下三個角度，呈現面具特色。

A 時機和情境

範例：

一踏入花道教室，聞到芬芳香氣，被盛放吐蕾的花朵與含苞蓓蕾環繞，她感到終於擺脫家裡的狼藉混亂，戴上「優雅面具」，來到最愛的插花課。

B 改變和行為

範例：

她調整呼吸，不再是為了追逐不洗澡的孩子，而把整個家當作跑道，氣喘如牛的落敗選手；也不再是對抗繁重家務的大力士。此刻，她氣息平緩，輕巧拿起桔梗，靜心品賞最適宜角度後，穩穩斜插在滿天星旁。她的眼神充滿光彩，就像眼底也開了一點一點的滿天星花。

C 效果和影響

範例：

戴上「優雅面具」令她感到幸福，體會生活的閒情與餘裕，她因此更珍愛自己，也在「優雅面具」的修護下重新獲得力量。課後，她抱著一盆雅致的花，踏著輕快腳步回家。

寫作小練習

試著以小短文描述你的某副面具，向讀者介紹面具使用時機、情境、效果和影響，並為面具取個名字。

隔離生活的解憂聖品

不速之客檔案6

憂憂，二十三歲留學生，因蔓延全球的疾病，導致她打工的店鋪宣布無限期休息，工作停擺，學校也改為線上教學，已在宿舍過著近似隔離的生活近半年。

兩地防疫的雙胞胎

結束整個上午的線上課程，眼睛像颳起風的沙漠般又乾又澀，但視訊鈴聲一響，我仍迫不及待點開視窗——

歡歡，我的雙胞胎姐姐，在螢幕那頭摘下口罩苦笑，嘴脣下方突起的小痣一會兒上揚，一會兒下沉，摻雜著我們互報平安的欣喜，以及不知疫情究竟何時罷休的擔憂。

「我正要走路去搭公車，趁機跟妳說說話，妳那兒還好嗎？」她問。

「我超想家的，我也想念和妳到處吃吃喝喝！」望著歡歡身後那一塊塊熟悉的餐廳招牌，我的肚子跟心一樣寂寞啊！

「憂憂，撐下去喔！等妳回來，我們把每間店都吃過一遍！」歡歡如此為我打氣。

歡歡與憂憂完美合作

歡歡與我長相如出一轍，唯一不同之處是歡歡有顆「美食痣」，而我的痣在右嘴角上方，俗稱「好吃痣」。

從小，我們總是這樣自我介紹：「歡歡以後會成為美食家，負責做好料給貪吃的憂憂享用。」

懷著這般信念長大的我和歡歡，一個出國進修營養學，另一個留在家鄉經營頗有人氣的食譜部落格。

只要想家，我就會點進歡歡的部落格，看她在上傳的新影片中大展廚藝，我還會在留言處分析每道料理的營養成分——這就是我們雙胞胎的完美跨國合作！

被吸入雲裡的旅行

但現階段，我唯一能透透氣的是午餐時間，留在宿舍的學生們會拿著飲料，走到房間陽臺，對著彼此舉杯：「Cheers！」

這個中午，某個房間的女孩沒有出現，聽說她前幾日傳了訊息給鄰房朋友，告知自己疑似出現傳染病症狀。我們心神不寧的放下空杯，戴回口罩，卻仍守著各自的陽臺，捨不得告別微風與陽光。

我好掛念歡歡和遠方的家人，卻只能抬頭問著雲朵：「**世界上還有不用戴口罩，能安心呼吸的地方嗎？**」

下一刻，我被嘴巴形狀的雲朵吸上天空，陽臺上的同學們以各自的母語發出驚呼聲，伸手想把我拉回，卻徒然無功。

我還來不及搞清楚到底發生什麼事，已經被輕輕吐落地面。

「嗨，歡迎來到怪獸國，最近客人真多呢！」一條長著短腿的瘦蛇，將細窄手臂縮在

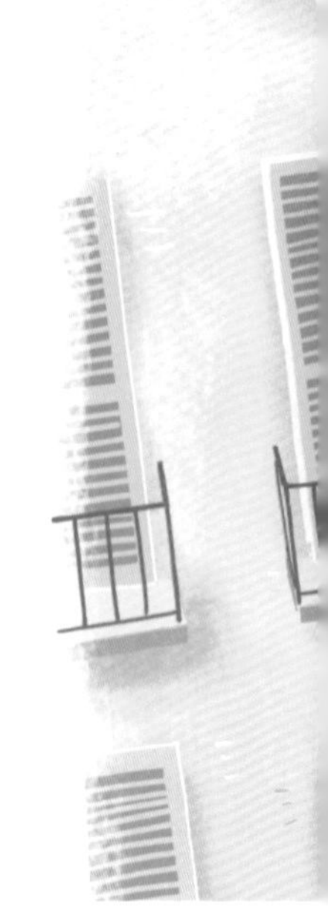

胸前，朝我作揖——這是幻覺吧？我立刻回想防疫宣導中，傳染病的症狀有列出「幻覺」這一項嗎？

與跟蹤怪阿巡相遇

「這可不是妳的幻覺喔！我是跟蹤怪阿巡，是個會隱身的偵探。從妳一臉茫然來看，我想妳一定以為自己在作夢；妳臉上的口罩，則透露了妳來自疫情地區。倘若如此，妳儘管放心摘下口罩，怪獸國有山茶花林做為屏障，是尚未被傳染病攻陷的安全國度——此外，有任何難題，我都能盡力為妳解憂喔！」那條短腿蛇邊鞠躬邊悠悠說著。

我摘下口罩，大口吸著飄著淡淡花香的新鮮空氣，「我叫憂憂，現在真的很需要『解憂』……」

再張開眼睛，我已經躺在阿巡偵探事務所的沙發上。

我望望四周，思緒紛亂，在說出「解憂」兩字之前，我從來不知道自己心中有這麼多憂慮，多到身體支撐不住，暈了過去。

食物的解憂力量

那一頭，阿巡端著一只碟子走來：「妳醒啦！這盤『檸檬椒鹽毛豆』是我為妳準備的解憂聖品，要吃完喔！」

我坐起身，接下那碟毛豆，一條條裹著黑胡椒的翠綠豆莢竄出一陣辛嗆，逼得淚水急湧。隨著淚水，我放肆宣洩憋悶已久的想家心情。

這段幾乎大門不出的防疫生活，我日日關注與疫情相關的統計數字，失去對美好事物的好奇心，雙眼變得意興闌珊，目光迷茫。現在，哭完擦乾眼淚，視線頓時清晰不少，眼前色彩也更加鮮豔！

阿巡不知何時離開——還是他正使用隱身術，躲在某處觀察我呢？

我讀著他留下的字條：

食物具有療癒心神的能力，有時比偵探更能解開憂慮的謎團呢！從色、香、味體驗，到備餐、進食方式，都可能是解憂關鍵。請細細品嘗，感受在每個環節中，心裡鬱結一個一個鬆脫、解放的過程吧！

我決定依照阿巡的建議，享用久違的「非居家餐」。

拿起豆莢，冰鎮過的絨毛溫度從指尖傳遍全身，害怕自己與親友染疫的焦灼不安，瞬間冷靜下來。

反覆消毒的日子，雙手皮膚早已變得乾燥、脫屑，彷彿飽受貧病交迫的摧殘；而此刻，食指和大拇指輕巧一掐，裂開的豆莢下露出三兩顆豆子，像是藏在匣內的玉石，散發溫潤光澤。

我有如專心尋寶般，一枚接著一枚剝著，一邊卸下種種雜思，直到所有毛豆堆成一座玉石山。

我抓起一把毛豆放進嘴中，清脆口感揉合檸檬溫柔清香，令我想起歡歡的笑臉，有檸檬的酸甜可愛，也有毛豆的清爽宜人。

我似乎沒那麼孤單了——負面情緒隨著嗆出的眼淚流光，恢復對世界的好奇與盼望，面對疫情亦能理性以待。

最重要的是，我感受到歡歡的陪伴，雙胞胎分隔兩地的失落感也一掃而光。

最酷的跨國合作

將最後一顆毛豆丟進嘴裡的那一刻，阿巡忽然從沙發後面現身：「怎麼樣？這道解憂毛豆效果如何？」

我嚇得收回正舔著好吃痣的舌頭：「這是我吃過最療癒的毛豆！」

帶著阿巡另外幫我打包的毛豆返家，即使又要回到單人宿舍，過著隔離般生活，但我不再感到煩厭，因為我有「治癒力十足」的食物。

此外，我也得到阿巡許可，下回與歡歡視訊，我將引用阿巡的創意，推薦歡歡打造一系列「**療癒系食譜**」，並由我書寫食物的療癒力量——這一定會成為我們雙胞胎與怪獸國最酷的「跨國合作」！

我的食療法

某些時刻，食物不只能填飽肚子，更能療癒心神，例如：思鄉的遊子從家鄉菜得到安撫；球員透過薄荷糖的沁涼，舒緩上場前的焦躁。

在書寫時，除了呈現心神狀態的改變之外，不妨從以下三個角度切入，強調食物的療癒力！

A 食物的色、香、味

範例：

淡粉色的仙楂餅，像清晨初升的太陽；放入口中，酸酸甜甜的滋味慢慢擴散，像大地在旭日溫柔照射下逐漸甦醒，連著幾晚熬夜趕工的疲倦也隨之消失了。

B 備餐的過程

範例：

要讓麵團發酵，得留意水分、溫度，才能成功膨脹，烤出口感綿密的麵包。在照顧麵團的過程中，我終於放慢急促的生活步調，跟著麵團好好呼吸、放鬆，不再渾身緊繃。

C 用餐的細節

範例：

當我一手用叉子固定牛排，另一手握緊刀柄，來回切鋸，終於克服了牛排的韌性，成功切下一角，送進口中。我感受到征服的勝利感，也從輸球的沮喪中復原不少。

寫作小練習

試著以短文，介紹你的獨家「食療法」，除了食物滋味，更要彰顯它的「治癒力」，題目自訂。

7 阿一的抉擇

不速之客檔案7

阿一，十五歲青少年，自創「不做選擇就是最佳選擇」的人生觀，每逢選擇時刻，便一個頭兩個大。正面臨一連串升學抉擇的他，號稱自己的頭已經大到如熱氣球，隨亂風颳飛，完全「摸不著頭緒」。

從阿萬到阿一

「嗨！我叫阿一，『一』是這世界最乾脆俐落的字。它可以指數量的單一，就像『獨一無二』；也可以表示分量的全滿與完整，例如：『一生一世』。只要是一，無論是單獨或全部，都不必在選項之間苦思，費心選擇。嘿，沒有什麼好選的，就叫我阿一吧！」

這是我在「升學意向報告書」上寫的自我介紹，「阿一」是為了抗議我那筆畫多到害我老是來不及寫完考卷試題的姓名——萬擇龍，而給自己取的暱稱。

我還記得小時候練習寫名字，總是寫到一把眼淚、一把鼻涕的喊手痠，一旁監督的爺爺好言哄著：「你的名字是爺爺取的，希望你在這一生成千上萬的選擇中，做出正確的決定，成為人中之龍啊！」

選擇時刻超麻煩

或許是爺爺那番話起了反效果，從此我最討厭做選擇。選擇代表要動腦，將不同選項的利弊通盤比較後，做出有說服力、不令自己懊悔的決定——這實在太耗費腦力了，比「萬擇龍」三字的筆畫還複雜好幾倍！

為了逃避做選擇，我發展出幾種應對招式：一是只適用於童年的「**都給我耍賴功**」，無論是挑點心、選生日禮物，耍賴總能得到所有選項；另一個是「**隨便太極拳**」，只消「隨便啊」輕鬆一語就能將選擇權轉交他人，可惜爸媽現在已經禁止我將這句話掛在嘴邊；好在我還有「**聽天由命大法**」，管他有哪些選項，一切交給機率，胡亂挑中哪個是哪個。

未來向左走？向右走？

不過現在這些功夫也失效了！自從升上九年級，老師、爺爺、爸媽天天耳提面命，要我認真思考未來的人生走向。

爺爺連週日午餐時刻都要嚴肅叮囑：「擇龍啊！謹慎評估專長，了解自我興趣，才能全力以赴，踏上萬中選一的大道啊！」

爸爸也幫腔：「看是要繼續升學念普通高中，還是要學習一技之長，只要你做出選擇，我們都支持！」

媽媽夾了一塊豆腐放進我碗裡：「如果想培養一技之長，也要考慮技能的發展性，學以致用很重要啊！」

想到老師交代放假後要繳交升學意向報告書，寫出對下個學習階段的期待和規劃，我的腦袋就又脹又疼。雖

想培養一技之長，但我的興趣廣泛，究竟要學習什麼領域，怎麼選得出來呢？

怪獸國奇遇記

瞄了瞄窗外的雲，我暗暗朝它喊話：「**隨便把我帶去什麼地方吧！**」

沒想到，久未出招的「隨便太極拳」竟發揮作用了！

果然「**不做選擇就是最佳選擇**」，我神清氣爽的被載到陌生國度——怪獸國，輕巧一跳，掉在一堆柔軟手工鞋上——完美降落！

「喂！你這傢伙是來砸店的嗎？」一隻看來比我還頭大、顯得頭重腳輕的怪物朝我一嗔。

我趕緊站起來，排好被我壓得凌亂不堪的鞋子，「抱歉抱歉，我不是來砸店的，我叫阿一，是為了逃避做選擇才來到這裡的！」

「你哪有逃避做選擇呢？你明明就選擇跳到我的鞋子上，保護自己不受傷啊！」

怪獸一邊整頓店攤，一邊介紹自己是倒立怪昱音，「遇到選擇難題，問我就對了！」

抉擇的意義

昱音捧著一雙繫著蝴蝶結的棗紅色舊鞋，說起當初自己因為受縫紉工具書上的鞋子吸引，做出一連串驚天動地的抉擇，不僅一反家族傳統，不再倒立行走，還開了怪獸國第一家鞋鋪，掀起全國上下的穿鞋風潮。

「**選擇就是擁有自由的證明**。在實踐這項自由的同時，有如照著最澄澈的鏡子，洞見思緒心情變化、分析比較每個選項、預想可能的未來。過程中，也許會覺得迷惘混亂，彷彿鏡子蒙上灰塵；但繼續整理，坦誠面對心意，等做出滿意的選擇時，鏡子又將恢復明亮，映現篤定的自己！**為自己做決定的成就感，跟把決定權交給他人或機率的被動，是截然不同的感動呢！**」昱音見我沉默不語，又說：「**你叫阿一，不就代表著真誠看待每個抉擇時刻，選出最好的那個『一』嗎？**」

我的升學意向報告書

聽著昱音的話，我心裡震盪、頭皮發麻，接著那些讓腦袋疼脹的逃避和僥倖心態，被一鼓作氣清空了，我湧起抉擇的渴望和勇氣——

「我該離開了！」

昱音略顯錯愕：「什麼？你大概是怪獸國停留得最短暫的客人了！」

我哈哈一笑，「哈哈，因為我『選擇』要趕緊回家，完成我的升學意向報告書啊！」

阿一的升學意向報告書

「未來」對十五歲的我來說，既遙遠又撲朔迷離。想進修某項技能才藝的我，對機械充滿興趣，可以耗費一整天拆卸機器，再完好的拼裝回去；卻也嚮往畫家透過繪畫表達自我。在選擇的路口，我該走往哪條路，一步步通往未來呢？

我想起從小只要打開色筆盒，總是毫不猶豫選定主題、分配畫面，胸有成竹的挑選顏色，大膽在紙上揮灑；即使成果不佳，我也願意修改，摸索更好的畫法。畫畫時，我的從容自信與不輕言放棄的熱忱，成為我選擇未來要繼續鑽研繪畫的關鍵。

雖然有些徬徨，害怕自己錯失其他機會，但只要閉上眼睛，想像自己累積豐厚繪畫技巧和經驗後，畫出現在的自己無法完成的作品，猶疑的心情便會一掃而空，取而代之的是對抉擇的期待與興奮。

聽說一次次的選擇，造就了我們的一生。我是阿一，我要用每一個選擇，抵達專屬於我的未來！

抉擇路口

你一定有面臨選擇，一時之間下不了決定，甚至苦思良久仍猶豫不決的經驗吧！也許是晚餐該吃水餃還是清粥小菜，或者該不該放棄深造已久的才藝。人生是一連串選擇，我們一次次整理心緒，做出該往哪走的決定。書寫時，不妨透過以下三個重點，展現選擇的歷程喔！

A 交代情境

範例：

一直以來，在萬千動物裡，我對狗兒情有獨鍾。和媽媽商量許久，媽媽終於答應在我十歲生日那天，帶我到流浪犬收容園區挑選一隻做我生活的好夥伴。

B 比較選項

範例：

來到園區，可愛的小狗簇擁而來。米色捲毛狗兒毫無心防，立刻翻肚表達信任；瘦小的黑狗在我身邊東聞西嗅，一副偵探模樣。我最愛頭頂有枚黑色胎記的小黃狗，腿肉結實有力，跑起來一定健步如飛，能和號稱「全校飛毛腿第一」的我拚個高下，互相激發潛力。

C 心理過程：可將自我心理狀態和變化處理為❶→❷→❸，做出心境轉折喔！

範例：

❶當我和小狗們玩得不亦樂乎時，想起自己將從中挑選一隻，這念頭像冷水當頭澆了下來，我渾身發涼的想：選出一隻，不就代表拋棄其他狗兒，把牠們留在這嗎？

❷我感到一隻隻撲向我撒嬌的小狗，圍繞著我的胸口，成為了一個「狗狗漩渦」，將我的心愈旋愈緊、愈捲愈沉。

❸媽媽向我解釋，這次的選擇是一個起點，等我學會和狗相處，有了養狗的經驗，才更有餘裕照顧其他犬隻。我這才擺脫迷惘的漩渦，決定從懷裡這隻小黃狗開始，好好疼愛牠，並累積更多相關知識，有一天，我會幫助更多流浪犬！

寫作小練習

試著以短文，描述你面臨抉擇的經驗——站在抉擇路口，你的心情有何變化？又是怎麼判斷、做出決定呢？

永不枯竭的地方

不速之客檔案8

林美晨，六十五歲的家庭主婦。三十年來，已習慣大家稱呼她為「曾太太」、「德帥媽媽」，幾乎要忘記自己的姓名了。

名為「媽媽」的工作

兒子的婚宴結束快一個月了，最初兩週，我還陶陶然回味著喜筵點滴，賓客親友見到我，左一句「曾太太，恭喜恭喜，教出這麼傑出的兒子，又多了一位才貌雙全的媳婦」，右一句「德帥媽媽保養得真好，一點也看不出是新郎的媽媽」，這些好聽討喜的話語，讓人再三回味，白天想久了，夢裡也會笑。

然而，近半個月，我就像是過度興奮後，留下衰疲空虛的後遺症。兒子婚後搬出那天對我說：「老媽，妳辛苦那麼久，可以退休好好休息啦！」

過去三十多年，雖然老是叨念著「媽媽」一職哪有下班時間，但其實我是樂在其中的！

既然為兒子取名叫曾德帥，那就得裡裡外外「真的帥」，從外表——無論髮型或服裝搭配，到內在健康管理、體能鍛鍊、品格培養，全是我細細打理、傾力照料。

相片裡的青春少女

「退休」後突然空閒下來，這變得乾枯、空蕩蕩的心，究竟是怎麼回事呢？

百無聊賴的我翻開老相簿，一本本從德帥求學時期追溯到我的青春時代。一張側拍照片引起我的注意——我坐在書架前，髮絲低垂，臉幾乎要埋進手中書頁。

抽出相紙，當時還是男友的老伴在背面寫著：「**閱讀的美晨，渾然忘我。**」我忍不住苦笑，卻不知是在笑過去少女年華的自己，還是笑現在半輩子沒再看多少書的我。

好悶啊！午間新聞報導秋末雨量寡少，各地水庫水情告急！我推開窗，對唯一的雲朵喊著：「你怎麼不去下一場雨，救救那些缺水的地方呀！」話說完，那雲忽然闖入屋中，撈起我往天邊飛去。

我伏低身子，安慰自己一定是煩悶到起了幻覺，沒多久就聽到「看來有訪客跟我們同時抵達怪獸國耶」！雲一急剎，我便跌出雲外，落在兩隻看起來像頭頂長著燈泡的章魚怪獸前面。

遇見迢哥與遠妹

他們是返鄉的怪獸國民——遷徙獸迢哥與遠妹，兩人賣「醒神湯」為業的爸爸，因為生意繁忙，沒能一起動身。

自我介紹時，我順道聊起水情新聞：「我的國家目前正逢缺水危機，不過比起這個，我的心靈才是乾枯得可以呀！」

遠妹睜大眼睛說：「心靈怎麼可能會乾枯呢？我只要回憶起媽媽，就像是有源源不絕的暖流，流過我心裡每個角

落。即使我會繼續長大，離和媽媽一起生活的年紀愈來愈遠，但這股暖流每流竄一次，媽媽的形影就會變得更加清晰，甚至當我碰到煩惱，回想媽媽的話語，就像母女隔著時空對話，因此得到建議和鼓勵。留在心中的媽媽，是我的活力來源！」

雖然看不出怪獸的年齡，我猜遠妹應該還是個孩子——小小年紀就失去母親，真讓人心疼；而她的懂事體貼，更讓我想好好憐愛她一番。

我牽起她的一隻觸手，輕輕握在掌心，「我想，媽媽一定很開心能陪伴著妳，成為妳永不枯竭的心靈活水！」

遷徙獸的心靈活水

迢哥語帶驚喜的說：「『活水』這個詞用得好棒呀！**對我們遷徙獸而言，旅遊正是避免心靈成為一灘死水的方法喔！**即使我們一家已經搬到0.421國定居，但只要覺得生活一成不變，想提振精神，隨時捲起床墊就能上路！遷徙途中欣賞嶄新風光、遇見可愛的人物與新鮮事，都能打開我們的視野——就算是舊地重遊，也能勾起懷念的感動與全新的發現。」

迢哥說完，也伸出觸手，沉穩而有力的牽住我另一隻手，「阿姨，妳也是我這趟旅程的活水喔，祝妳盡快找到心靈的泉源！」

我們三個牽在一塊，我以為遷徙獸的觸手會像章魚一樣冰涼，可是怎麼這麼溫暖呢？彷彿終於有人提燈探照我心裡的黑洞，把原本的漆黑照得燦亮通明，我這才望見心底活水的源頭由何而來，於是滔滔不絕和遷徙獸兄妹分享起來──

找回自己的源頭活水

小時候，我讀到南宋文人朱熹在讀書後起了感悟，寫下〈觀書有感〉一詩，覺得真是碰到知音，他怎能將閱讀帶給我的收穫和影響，描述得如此精準呢？

朱熹將心形容如明鏡般澄淨，映著天光雲影的塘水。保持清澈，正是因為心塘並非一窪死水，而是有「閱讀」這股源頭活水不斷注入。翻開小品文，愜意清爽的語句像親和力十足的哲人，談話間輕巧點出人生智慧；漫讀散文，作家細膩感受生活，織就綿密深情的文字，提醒我回看日常，由種種細瑣中體會出生活之美；投入一本小說，從現實過渡到另一個世界，或激盪想像，或深刻反思，最後總能帶著渾身過癮重回現實，再也不覺人生枯燥乏味。

〈觀書有感〉最後兩句寫到：「問渠哪得清如許，為有源頭活水來。」心靈怎麼會有枯竭的時候呢？即使生活瑣事如沙，偶爾遇到困境如荒漠，只要打開書頁，讓活水涓涓流淌，心中依然能長出一方綠洲。

這晚，迢哥和遠妹邀請我在怪獸國紮營過夜，「我們擠一下，沒問題的！」

他倆將兩塊床墊拼在一起，沒多久便入睡，而我則是滿腦子想法：等明天回去，再和老伴好好解釋這神奇的經歷吧！到家後，該從哪本書開始讀呢？

打完今夜最後一個呵欠，我從口袋摸出那張「渾然忘我照」，美晨——這幾乎快被我遺忘的名字，像在鼓勵我找回那個熱愛閱讀的自己。

照片裡，我捧著法國哲學家卡繆的《異鄉人》——就由它開始吧！就如迢哥形容的舊地重遊——舊書重讀，必定也會有懷念的感動與全新的發現！

我的源頭活水

南宋文人朱熹在〈觀書有感〉一詩寫到：「問渠哪得清如許？為有源頭活水來。」意思是透過讀書，就像有源源不絕的水源注入，讓一顆心澄明清澈。朱熹以閱讀活絡心緒，而有人靠旅遊豐富心靈，也有人做瑜伽維持安寧自在的心境。

關於心靈源頭活水，不妨從以下三個角度，思考如何下筆喔！

A 什麼時刻會特別需要「活水」

範例：

當我對自我起了懷疑、裹足不前，我需要心靈活水灌注，將滿心猶豫沖刷而去，再度自信積極的往目標奔流前行。

B 活水「如何」影響

範例：

旅遊豐富心靈→羅列出豐富心靈的方式

在旅途中，吸收新知與文化，開拓了我的眼界；嘗試陌生事物，使我生出勇氣；結識新朋友，交流生活點滴，讓我更深刻體會人從來不是孤單個體；被景色打動而停步時，扎實感受到自己的心跳，於是我明白，活著就是最豐富美好的旅途。

C 將抽象影響具體化

範例：

瑜伽讓心境安寧自在→透過比喻，以畫面呈現心靈感受

隨著瑜珈老師的指令，我移動著身體，但心卻如進港的船，終於下錨，穩穩停泊。那份安寧自在，使我遠離風暴，不再隨著工作和人際的驚濤駭浪載沉載浮。

寫作小練習

試著以短文，介紹你心靈的「源頭活水」，它怎麼影響你，又為你的心帶來哪些改變呢？

因為終將消逝的一切

不速之客檔案9

魏芳華，曾因清新甜美的長相、輕柔的演唱風格，被讚譽為「雪花歌姬」的女明星；她獨挑大梁參與演出的戲劇，也部部叫好又叫座。中年過後，歌唱與戲劇皆遇到瓶頸，而芳華認為，這瓶頸全是因為自己「芳華不再」。

雪花歌姬魏芳華

為了家裡的裝修工程，不曾與鄰居往來的我，一一按下上下左右住戶的電鈴，為可能產生的噪音干擾致歉。

鄰居們半掩著門，狐疑試探：「妳是那個……雪花歌姬嗎？」

過往我一定會大方承認，答應對方合照，還加贈親筆簽名，但今天我只是帶著尷尬笑容懸而未答：「不好意思，還請您海涵施工的聲音喔！」

拆鏡工程不難，約莫一個上午就完成了。裝修師傅手腳俐落卸下整屋鏡牆，房子又回歸到當初入住時，四方裸露的灰色水泥。

二十多年前，我趁著榮獲「年度最佳女歌手」的氣勢，買下這棟房子，接著又接演戲劇女主角，我決定不刷牆漆，直接安裝鏡子，這樣無論走到哪，都能時時檢視自己的模樣。

青春不再的女明星

我不得不承認，有時也會被鏡中人吸引而停下腳步，久久端詳。

當紅時期，曾有媒體這樣形容我：「雪花般剔透精巧的純淨美顏，讓人不忍冒失探觸；細雪紛紛似的吟唱，將你我的心靈傷口溫柔覆蓋。」

多美的形容！我想起童話裡的白雪公主，彷彿永遠活在青春最盛的年紀，做世界上最美的人。

而現在，我得打破自己的魔鏡了，雪花再美，總會融化──「**雪花歌姬崩壞？昔日白雪公主今成大雪怪！**」

八卦雜誌以聳動標題，刊載我採買生活用品的身影。

神隱七年，為的是逃避偶像劇的合作邀約——演出新一代演員的媽媽，以及到了這個年齡，甜美輕柔的曲風已不再適合我。

我日日在鏡前自憐，想著失去的總總：人氣、自信。直到看到雜誌上的今昔對比照，我更加確認，芳華早已消失無蹤。

怪獸國奇遇記

師傅帶走卸除的鏡子，卻把陳舊的宣傳海報留了下來。敞開的窗子忽然灌入強風，把海報撼得嘩嘩作響，彷彿從青春歲月傳來哀鳴。

我對著窗外唯一沒被風吹散的那朵雲說：「我是雪，你是雲。我們本是同一族，好心的雲啊，帶我去不用煩惱『消逝』的地方吧！」

我一定是太沮喪了，才寧願相信自己真的能夠去到那樣的地方，而不只是一場幻夢——雲朵載我飛離那灰暗的屋子，才剛降落，就看見一頭像雲一樣潔白蓬鬆的怪獸！

他似乎被我嚇了一跳，長耳朵立刻掩住發紅的臉。

「哈囉，我是雪花，請問這是哪兒呢？」或許是覺得自己「芳華不再」，我本能的報了假名。

「這裡……是怪獸國……」那頭怪獸結巴說著。

我忍不住一股怒氣冒上來，該不會是被雜誌取了「大雪怪」這個綽號，那朵雲才把我帶到怪獸國？

消逝的美麗與哀愁

「我是害羞獸……大耳……妳來到這……有什麼事嗎？」大耳一如獸名，害羞的說。

「我想去一個沒有『消逝』的地方。」我沮喪說道。

「我覺得……世界上……沒有這樣的地方。」害羞獸大耳掀開耳朵，但仍不敢與我對視，骨碌碌的眼睛望向我身旁的空氣：「**有了消逝……世界才有美……才有讚歎與悸動，也才有不捨和心痛。**」

大耳像是忽然打開話匣子，視線也終於聚焦在我的臉上，「就像我們邊界山林的山茶花……懷著花期易逝的心情欣賞，無論是有如小精靈裙袍的花瓣，或是從蕊心飛出的嗡嗡小蜂，都能勾起強烈的情緒……帶來美的感動。」

我搖搖頭，「我理解美與消逝的關係，但若你看過雜誌上的今昔對照圖，見證我緊緻的臉蛋消逝後，成為鬆垮的雙頰；秀髮的光澤消逝後，只能紮起馬尾掩飾白髮；玲瓏的身段消逝後，變得虎背熊腰——你就會理解，我對消逝的青春美貌，是多麼無奈與惘然。」

這真是太悲傷了，我腦袋昏沉，雙腿一軟！

大耳貌似想攙扶，卻又害羞縮手，「**那……要不要寫下來？書寫，可以對抗消逝喔！**」

抵抗消逝的方法

來到大耳家，他的太太小曖雖同是害羞獸，卻比大耳大方許多，「我先生是寫詩的喲！他說靈感一下子就消逝，但靈感的消逝推動著他寫出更美的句子，將感受銘刻。」

小曖遞來紙筆，還有一張詩卡：

大耳站在一旁，長耳覆臉，似乎正因為詩作有了讀者而害羞。

我再看了看牆上半身鏡裡的自己──消失的雪人，會原地開出花。我思索著這句話，提筆寫下：

消失了！時光小偷，一點一滴從我的人生竊走了我的芳華歲月。

第一次發現芳華的消失，是額際冒出第一根白髮，它在日光燈下幾近透明，彷彿預告著所有的青春美好，都將由繽紛燦爛漸漸褪色，直到消失不見。

我焦慮得像是即將迎接春天第一道陽光的雪花，害怕那個熟識的自己，在人生的新階段蕩然無存。因為正是這段芳華歲月中，做為一位俏麗亮眼的女明星歌唱、演戲，證明了我的存在呀！

時光小偷偷不走的，會是什麼呢？它偷走了雪花精巧的造型，而融化的雪水滲進土裡，滋潤土壤中的種子，使種子經歷長久等待，冒出綠芽。

芳華不再，我留下的是人生豐富的閱歷，以及體驗過失去的個中滋味，而更了解生命的無常、可貴。時光偷走為數不少的珍寶，卻也使我擁有更多——或許，這才是消逝背後的真義。

完成最後一句，小曖捧起短文說：「請務必讓我拜讀。」

我模仿著大耳的害羞，閉起眼睛，用雙手當作耳朵遮住了臉。

再回過神，我在無鏡的房裡睜開眼——究竟是不是一場夢？

把在怪獸國的經歷回想一次，我忽然湧起新生的力量，將魔鏡中的自己──那些宣傳海報捲起，放到大樓的紙類回收區。

從今以後，我不是「雪花歌姬」，我是魏芳華，我要用現在的模樣，唱最好聽的歌，演最動人的角色。

消逝之物

莎士比亞有句名言是這樣說的：「青春是一個短暫的美夢，當你醒來時，它早已消失無蹤。」心理學家榮格則認為，所謂的「美」是一種消失，例如：春天的花朵，正因為它的短暫易逝，我們才對這份終將消逝的美升起強烈情感。除了青春、美麗的花朵，還有哪些事物會「消逝」呢？失去的經驗可以怎麼寫呢？可以從以下三個角度思考，展現「失去」的感受與意義。

A 刻畫消逝之物，或是消失的過程

範例：

弄丟鑰匙那天，是在一場突如其來的滂沱大雨中，我忙著翻找背包裡的雨衣，沒有留意一把串著愛心吊飾的銀亮鑰匙從口袋滑出，就這麼消失在下雨的城市裡。

B 描寫消逝之物的意義，以凸顯消逝引發的感受

範例：

那是我和幼兒園好友的信物，我們將寫給對方的卡片放進能上鎖的鐵盒，她保管著盒箱，我則負責鑰匙，約定好十年後帶著信物重聚，一起開箱。這麼多年過去了，我們早已失去聯絡，即使天天帶著鑰匙，但到了相約那天，我因擔心生疏尷尬而避不見面。直到鑰匙消逝，我才終於正視自己的背信：我為什麼沒有好好維繫友情、遵守承諾呢？

C 從失去的經驗，獲得了……

範例：

遺失鑰匙，當年的鐵盒再也打不開了。但我想，我可以讓自己變成一把鑰匙，找到童年友伴，打開塵封已久的友誼。

寫作小練習

試著以短文，描述一項消逝之物，它對你有什麼意義？這次「失去經驗」在你心中又留下了什麼呢？

10 給我涅槃，其餘免談？

不速之客檔案10

賽羅，十八歲的大提琴初學者，深深為大提琴音色著迷，認為其餘聲音都只能稱為「噪音」。她正在物色新耳機，想獨享琴音之美，把噪音通通擋在外頭。

賽羅與涅槃

「賽羅！我叫妳好幾次，妳怎麼一直不回應？」媽媽氣急敗壞摘下我的耳機，我頓時從「大提琴涅槃」墜入凡間。

最近，我在大考複習卷上學到一個新詞：「**涅槃**」，**這是佛教修行者的終極理想，是指所有煩惱都已滅絕，不再輪迴生死的境界。**

對高三生的我來說，能擺脫纏人試題，沉浸在大師演奏的美妙樂聲中，就是涅槃呀！

「叫妳吃飯，還要像對待大小姐般三催四請！」媽媽生氣的說。

我無奈抬眼看看媽媽：「好嘛，對不起，我收一收馬上入座！不過——請先把聖桑的《天鵝》還給我！」

媽媽作勢朝我攤開的掌心打了一掌：「耳機先交給我保管！自從妳有了耳機後，就對外面的世界充耳不聞！」

沒有耳機的世界

就這樣，我失去了我的「涅槃」，沒有了耳機隔絕，外在的紛紛擾擾魚貫入耳，惹得我頭痛欲裂——上下學通勤的車程中，公車引擎聲、剎車聲，乘客交談聲與手機聲響，下車鈴聲、門板反覆開關聲；學校午休時間，餐具碰撞聲、同學玩鬧時尖叫大笑聲。

即使回家後，可以扭開音響，盡情播放我喜愛的大提琴曲：聖桑的《天鵝》、舒曼的《夢幻曲》、巴哈的《卡農》，但只要固定時刻一到，垃圾車旋律聲、倒完垃圾捨不得解散的鄰居聊天聲，也侵門踏戶，奪走了我的清幽。

忍了幾天，終於迎來週末，我早早守在耳機專賣店門口，背包裡裝著高中三年努力攢得的獎學金——雖然繳了大提琴學費後所剩不多，但買一副品質不差的耳機還是足夠的！

倚著鐵門，我閉上眼，在腦海中演練拉琴——提起右腕，想像自己抓起琴弓盤旋拉奏，左手指則靈巧按壓隱形的四弦，大提琴沉穩飽滿的琴音立刻迴盪耳畔，足以抵擋街頭的車馬喧囂。

怪獸國直達車

鐵門上寫著「營業時間11:00～22:00」，已到正午，怎麼還遲遲不營業呢？

我正煩躁著，卻注意到一行小字「**每月第三個週末公休**」，心生不妙，趕緊數了數——正好是今天！

忍耐了一週的噪音排山倒海朝我倒灌，我看著天上那朵「無事一身輕」的白雲，脫口大喊：

「噢，天啊！帶我去『涅槃』吧！」

起初雲朵飄降在面前時，我真的相信它是一朵「涅槃直達車」，哪會想到會被丟在「怪獸橫行」的地方呢！

我心中的涅槃是聽覺上的單純高雅，與這兒毫不相像！我摀著耳朵，盤算著至少先買一副耳機吧——這裡會有耳機專賣店嗎？不知道幣值怎麼計算呢？

看著怪獸國居民造型千奇百怪的耳朵，鐵定沒有耳機店肯在這裡做生意。

正想招呼天上的雲朵送我回家，一棟寫著「藏聲館」的建築物使我改變心意，好奇推門進入。

遇見收音獸

只見頭頂像裝著衛星天線的怪獸，從文件櫃後方探出頭來：「嗨，歡迎光臨，我是『聲館長』收音獸阿波。妳現在目不轉睛瞪著的，是我們這一族最靈敏、再細微的聲響，也能悉數接受的耳朵。」

「太慘了！讓我為你默哀三秒！」

我用畢生最富同情心的口吻說：「和涅槃相反，擁有你這天線耳朵，根本處處皆地獄啊！」

「妳討厭聲音？」阿波笑著說。

「除了大提琴之外，其他聲音對我來說都像噪音！」

我對阿波說起自己這個星期是怎麼熬過如河馬

酒醉打鼾的公車引擎聲、似老鱷魚磨牙的剎車聲；午餐時間，不鏽鋼碗筷的碰撞聲，讓耳膜瞬間化作被金屬雷陣雨襲擊的脆弱玻璃；同學毫無節制的笑鬧聲，則是一顆強力皮球，在教室四方牆面反覆彈擊，引發整屋震盪。

聲音摹寫小卡

「雖然妳稱它們為『噪音』，但妳描述聲音的能力不錯呢！」

阿波說起怪獸國曾發生聲音失竊案，全國頓時寂靜無聲，當時靠著居民總動員，摹寫聲音特質，才重新讓聲音回到日常生活中。

阿波又問：「妳最討厭哪種『噪音』呢？我們來讀讀它的聲音檔案吧！」

我沉吟了一會，「大概是鄰居倒完垃圾，還聚在我家樓下聊天吧！」

聽我介紹臺灣特有的「垃圾車時光」後，阿波從檔案櫃抽出一張卡片，「我倒覺得挺浪漫的呢！那麼，就來看看這張吧！」

閒話家常聲

清脆有力的問候中，充滿柔軟細碎的關懷，像眾人圍著同一塊砧板切豆腐，嘟嘟嘟嘟嘟，嚷嚷嚷嚷嚷。

「這裡有大提琴聲嗎？我也想看一下！」

阿波很快就幫我找到卡片。

大提琴樂聲

恰似向晚時分，優雅的天鵝游於金光燦爛的湖面，有緩緩迂圈的婉轉，也有引頸的悠揚。

對於聲音的不同想法

我認為有地獄和天堂之別的聲響，在怪獸國卻都被聽作獨一無二，認真對待。

我想像著阿波描述的無聲世界，忽然對閒談聲有了不同想法，「也讓我寫寫看好嗎？」

大提琴與閒話家常

大提琴的音色就像那些以為死去的盆栽，繼續澆著水，某天彷彿休息足夠了，靜靜生長起來。對考生來說，大提琴沉穩卻顫動高峭，有如知音，它充滿陰影與對陰影的理解，真的是非常了不起。

然而，市井小民的閒話家常聲也毫不遜色，它沿著公寓外牆，從巷弄各處鑽進窗縫，遞給房裡的人一條聯繫之繩。聽著不甚清晰的絮絮叨叨，那些日常碎語，瓦解了孤獨冷漠的壁壘。

告別阿波，搭上雲朵返家，雖然沒有抵達涅槃，但我現在不需要一副阻絕外在聲音的耳機了。

日常的聲響，在我心中也有了各自的檔案櫃，不再全數塞進「噪音」那一格。

我摸摸背包，獎學金還在裡頭，繼續存著當作下一期的大提琴學費吧——畢竟，涅槃是修行者的終極理想嘛！

世界的交響樂

一天，從激昂的鬧鐘鈴聲開始；隨之而來是，烤吐司從機器跳起的那一聲清脆提示音；遇上壞天氣，雨滴奮力和傘面、窗戶與屋簷合奏；淋溼的小狗撲進主人懷抱，汪汪撒嬌聲中，還有主人的呵呵笑語。即使是毫無人跡的森林，也可能靜得足以聽見一粒松果落在地面上的敲擊樂；世界正因無數聲響，時時刻刻精采、扣人心弦。

在描述這些環繞在生活周遭的聲響時，可以從以下三個角度切入，呈現聲音的多元樣貌。

A 比喻——以比喻來凸顯音色、音量大小等特質。

範例：

他翻動書頁，窸窸窣窣聲連綿傳送，像是整座森林的葉片在微風中，彼此摩擦、問候。

B 轉化——將聲音過程擬人化，或由虛化實，將抽象聲音轉化為具體，有實際的動作、體積等。

範例：

1.在風這位指揮家的呼喚下，來自「烏雲打擊樂團」的樂手紛紛登場，眾雨滴們奮力和傘面、窗戶與屋簷合奏，城市響起清脆樂聲。

2.他刁難的笑聲刮著我困窘發燙的肌膚，劃破我的自信，不一會兒，我已遍體鱗傷。

C 映襯——透過對比強調某種聲音特質，像是以有聲強化無聲、以溫潤強化尖銳。

範例：

失眠的子夜，大樓傳來鑰匙旋動門鎖的聲響——啊！原來還有人和我一樣，在悄然深夜中醒著。

試著以短文，寫下這世界上有哪些事物展現獨特音色，與我們的心呼應，共同交響成美妙的樂章？

11 不能承受之輕？

不速之客檔案 11

吳字囧，國小畢業生，就讀小學六年以來，因名字引發許多煩惱和不快，非常希望在國中入學前能改個好聽、好看的名字。

西打與柳橙汁

這個夏天，我哪兒也不想去！國小死黨每天中午穿著泳褲，拎著蛙鏡和浴巾，在我家樓下呼喚：「**囧爆**——去游泳啦！」

我拉開窗戶，對頭戴彩色泳帽的「**西打**」和「**柳橙汁**」喊了回去：「沒——興——趣！」

他們一副早就料到答案的模樣，揮了揮手，啪噠拍噠踩著拖鞋離開。

望著他們畢業後忽然抽高的身材，我心想，明天再來，應該建議他們不要再戴著泳帽到處亂跑，簡直是兩根「行動火柴棒」，一點形象也沒有！

真不理解，「西打」和「柳橙汁」為什麼對自己的名字被起綽號這件事，一點也不介意。

我還記得升上五年級重新編班，開學那天，老師要大家輪流站起來自我介紹，我這一排第一個同學，剛報出姓名「王希達」，立刻好幾個人起鬨：「蘋果西打！蘋果西打！」

接著輪到我前座的同學：「大家好，我叫劉城知，你們可以直接叫我柳橙汁。」

全班更是笑成一團：「兩個剛好組成飲料拍檔！」

王希達和劉城知笑得可開心了，從此以後，大家好像都忘了他們的本名，連老師點名都習慣用綽號喊他們了！

尷尬的名字

我的反應可不同了。先不論「囧」這個字，十個人裡面至少有五個人不會唸，它的字形像極了一張尷尬的臉：失神下垂的眼睛、啞口無言的大嘴，和我緊張時的表情如出一轍。

劉城知坐下後，換我局促不安的站起來：「我叫吳字囧，囧是……」

「好窘的窘！」雖然我隨即朝接話的同學瞪了過去，但已攔不住班上的笑鬧聲，加上我尷尬難堪的表情，那天起同學們便叫我「**囧臉**」。

等大家更認識我一點，發現我寫作文時總是腦袋和稿紙約好空白一片後，更是連名帶姓開著玩笑：「難怪叫吳字囧呀！無字囧，寫不出半個字，真的好『囧』！」

對綽號的不滿

每到收作文簿的時間，老師對著我字句零落的作文搖頭，全班就會替我向老師求情：「老師，你應該要稱讚他！吳字囧是個名副其實的人耶！」

但我一點也不領情，我爸常說：「你多跟你朋友學習嘛，別人拿你名字取綽號，只要沒惡意，你也跟著笑一笑

就沒事啦！」

「對啊！這麼在意，一輩子氣不完喔！」媽媽也總是在一旁幫腔。

和王希達、劉城知變成死黨後，他們說我每次陷入尷尬，就會開始生悶氣，所以叫我「**囧爆**」，「把你的不滿爆發出來吧！」

改名的願望

　　最近，我終於爆發了一次，和爸爸媽媽吵著要改名字：「我不想到了國中，開學自我介紹又要被取笑、綽號一叫三年耶！」爸爸要我好好查一查我的名字是什麼意思，我才不在乎呢！我天天抱著字典，只想幫自己找到更「雅觀」、「動聽」，更適合我的新名！

　　不過，取名字怎麼這麼難，我挑了好幾個字，卻搭配不出完美組合。王希達和劉城知一定在泳池裡玩得很開心吧！

　　我趴在窗邊，看著窗外的雲，喃喃自語：「還是我叫吳雲？呃……萬里無雲，會不會被取個什麼大晴天、大白天還是藍藍天，這種怪裡怪氣的綽號！哎呀，有誰可以讓我問一問，到底該取什麼名字好啊？」

來去異世界

　　才剛說完，那朵雲忽然探進窗戶，像劫匪的大手一伸，把我擄走，飛往高空。

　　我看到戴泳帽的王希達和劉城知還在邊走邊玩警

匪槍戰，沿路追追躲躲，馬上大喊：「西打——柳橙汁——」

他們不可置信的抬頭，朝我揮手，那雲彷彿計程車般，隨即減速降落，客人才剛坐定又立即加速飛馳。

就這樣，我們三人被載到了「異世界」。

王希達一下「車」，見雲轉眼溜走，便崩潰哀號：「完蛋了，我們被雲丟包了！」

「這裡該不會是電影常演的另一個時空吧，我們很有可能要永遠困在這裡了——而且還只穿著泳褲！」劉城知用詞悲戚，口氣聽起來倒是很興奮，他左顧右盼，和王希達互相踢著屁股，往貌似商店街的地方走，我也帶著我的「囧臉」，趕緊跟了上去。

完美的名字

商店街空無一人——噢，不，是除了我們，沒有半個人，卻一點也不空！眼前出現了各形各狀的怪獸，看得我們兩眼發直，就差沒有扶著彼此快掉下來的下巴了。

「嘿！小朋友，什麼事情讓你們跑來怪獸國啦？」

一個倒立「站」在店門口的怪獸向我們問話。看大家一陣支支吾吾，怪獸先自我介紹起來：「我是倒立怪，名叫甲由，這裡是我經營的『倒轉骨董店』！」

「我是柳橙汁！」「我叫西打！」劉城知和王希達居然這麼輕而易舉的報上綽號，我一陣扭捏，等甲由從倒立轉回站姿，一雙眼睛殷殷等著我的答案，我才終於開口：「我來這裡，是因為我想取一個完美的新名字！」

名字的重量？

「什麼！」「你為了改名，把我們兩個給拖來這喔！」我那兩個死黨當場大呼小叫。

甲由邀請我們入店坐下暢談，還給仍在大呼小叫的兩人冰鎮的「山茶花蜜水」壓壓驚。

「在知道你的名字前，我想先問個問題──你們覺得**名字如果有重量，是輕，還是重呢？**」甲由提出了一個好哲學的問題。

「**應該很輕吧！你看姓名貼紙，只是小小一枚有黏性的標籤，這麼輕！**」王希達深怕甲由不知道姓名貼紙是怎麼回事，還補充解釋了一番。

劉城知反駁：「不過，我們從小在多少課本、作業簿、測驗卷上頭填進自己的名字啊！這些寫上名字的東西累積起來，不知道有多重呢！」

「嗯，這些是名字的具體輸出，那麼，在感受上呢？」甲由問這問題時，特地看向我，彷彿最想聽見我的回答。

又輕又沉重的名字

「**我覺得名字很重，想到一生要背負著這兩個字，無論發生什麼事、做出什麼決定，都會跟這名字連結在一起，就覺得沉重到不行呀！**可是我也覺得名字很輕，當大家只顧著叫我綽號、拿我的名字亂開玩笑，完全不尊重我的名字時，我覺得它就像羽毛一樣，輕飄飄的，隨風吹走也沒人在意。」

「囧……囧爆，原來你這樣想啊！」王希達剛講完，就被劉城知推了一下戴泳帽的後腦勺：「你還叫他囧爆！」

劉知城摘下泳帽，做出慎重道歉的模樣，半彎著腰：「吳字囧，我都不知道原來你這麼介意，抱歉，抱歉，以後不會再亂叫你『那個』了！」

王希達也趕緊摘下帽子歉身鞠躬。

「唉喲！劉城知、王希達，你們兩個演哪齣啦！搞笑嗎？」我猜我現在哭笑不得的臉，一定更像「囧」這個字了。

「嘿！我覺得每次聽到你喊我名字的時候，我心情都會很好！那種舒服開心的感覺，就是輕吧！」

王希達說完把泳帽套在我的頭上，劉城知也搭著我的肩膀：「好啦！吳字囧，我們回家去！」

終於知道我名字的甲由默默微笑著。**我想，只有他明白，找到新名字前，我還不想回去那個屬於「吳字囧」的世界。**

名字的輕與重

名字伴隨著我們的一生，如果讓你針對名字的輕與重，提出看法，你會有那些切入的角度呢！不妨從下列三個層次，搭配你自己的實際經驗，循序思考喔！

A 名字在生活中的具體輸出

範例：

輕→寫在咖啡紙杯上的名字是多麼輕盈啊！那親切的體貼，為忙碌的上班族開啟了美好的一天！

重→將印章自紅色印泥臺拿起，往購屋合約上穩穩壓印，這紅色、方正而慎重的名字，代表了從今天起，他擁有自己的家了。

B 名字被呼喚時的情境

範例：

輕→當我將自己反鎖在房裡，難過啜泣時，媽媽在門外溫柔的輕喚我的名字，一朵朵雲穿越了門板，載走我的淚水，飛出窗外。

重→一聽到老師壓低嗓音喊出我的名字，猶如將沉重的行囊朝我拋砸而來，我就知道大事不妙了，只能趕緊化身為駱駝，將行囊扛在背上，穿越心中荒蕪、熾燙的沙漠，找老師報到去。

C 人生與哲學意義上的反思

範例：

輕→名字並不等同於「我是誰」，它就像衣服的標籤，即使剪去，也無損於衣服本身。就算我改了名，我仍然是我，我的特質、喜好、行事風格並未因此改變。

重→我們的種種經歷都將濃縮於短短的名字之中。就像岳飛這名字，如今已與愛國名將畫上等號，而秦檜則在歷史留下惡名。名字代表我們，呈現自我、接受世間評價，怎麼不重要呢？

寫作小練習

如果名字有重量，你覺得是輕還是重呢？試著以短文，以不同角度切入，寫下對自己名字，輕與重的看法？

12 世界「名」畫

「你們把名字的輕重詮釋得好生動啊！」甲由從椅子上翻了個身，倒立行至冰箱，拿出一整壺山茶花蜜水，那以腳勾住茶壺手把，還能維持完美平衡的俐落身手，我們三人只能回報以熱情掌聲：「太帥、太帥了！」。

甲由看向我，滿臉即將打開話匣子的暢快：「說說你的名字吧！」

姓名血淚史

「我姓吳，名叫字囧，這名字真的給我帶來太多困擾了！」我像是要把小學六年累積的不開心一傾而盡，追溯一件又一件往事，胸膛也跟著事件劇烈起伏。

王希達趕緊遮上茶杯，「吳字囧，你要不要先喘口氣！」最愛裝神弄鬼的劉城知還模仿武俠小說中的大俠運功，在我的背後又是畫圈，又是一陣拍打，說要調節我心頭作亂的氣流。

但神奇的是，每講一樁往事，我心中的憤怒就少了一些，就像是綳緊的氣球一點點的將氣體釋放——雖然，還不到完全消氣，但至少一提到名字，我不再感覺那麼憤慨，有如一顆要爆炸的氣球了！

「哎呀，真的是好長、好深的名字血淚史呀！」甲由聽完點了點頭：「輪到我說說我的名字吧！」

爸爸曾說過，一個販賣商品的人，最重要的就是會說故事，故事是最容易打動人心，引起共鳴的。我想，甲由一定是個很有魅力的骨董商人，因為光是名字的故事，他說得好聽極了！

甲由的故事

倒立怪一族由於頭重腳輕這特色，在與其他怪獸一起就讀幼獸園前，必須先加入「學倒立幼幼班」，鍛鍊保護自己不受傷的倒立行走法。

「對沒有兄弟姊妹，從小得忍受著寂寞的我來說，能上學、來到都是同齡夥伴的環境，可是天大的幸福呢！」為了迎接這一天，甲由在家反覆練習自我介紹，包含介紹完畢後，小心翼翼別讓自己往前撲倒的向新朋友握手，他都毫不馬虎的反覆演練。

「終於來到我最期待的開課日，但是，我沒料到的是，當我說出『大家好，請叫我甲由』時，其他孩子竟然非常疑惑的反問：『為什麼要叫你加油？』」

聽到這兒，我和王希達、劉城知簡直要仰天長「笑」了！不過，看見甲由彷彿重回事發現場，神情凝

重的模樣，我們趕緊「噢嗚──」把滿腔笑意吞忍下去。

「真正難堪的，還在後頭呢！」甲由沒料到的，還有另一件事，就是自己的平衡感極差。

當老師帶領小倒立怪們練習一手撐地，另一手帶動身子，將兩腳擺盪朝天時，同學們紛紛掌握訣竅，將翻轉身體當作遊戲，玩得不亦樂乎，只有甲由一次又一次失衡摔倒，最後，他像一座坍塌的小土丘，攤在地上流淚。

甲由！加油！

「甲由甲由！加油加油！」「甲由果然需要加油！」同學們圍在甲由身旁東一句「加油」，西一句「甲由」。

「這樣不是很溫馨嗎？你的名字跟大家鼓勵你的心意連結在一起！」王希達居然語帶羨慕的說著。

「你要想像，那個小小的我啊，對自我介紹懷抱美好想像卻落空了，想要表現好、受到歡迎卻又力不從心。失望和挫折交織下，形成很複雜的情結呢！從那天起，我就很介意別人把我的名字和『加油』相連，甚至後來學寫字，簽著『甲由』，也覺得名字像在諷刺自己平衡極差，摔了個倒頭栽！」

「好險你現在已經練就一身倒立絕招！」劉城知朝甲由做出向武俠高手膜拜的動作。

我想劉城知根本搞錯重點：「甲由，那你現在還是不喜歡這個名字嗎？」甲由朝我挑了挑眉：「不！我現在很喜歡我的名字呢！」

獨一無二的畫

那是自怪獸小學畢業前發生的事情。按照怪獸小學的傳統，每個畢業生都要繪製一張「世界名畫」，在畢業典禮當天，每幅作品將拼貼成一幀巨型海報，並且由繪製者輪流上臺詮釋「名畫」。

「世界名畫？你們也知道梵谷、莫內這些畫家嗎？」我不懂，就算是名畫，和喜歡名字又有什麼關聯呢？

「不！不是複製知名畫家的作品喔，**所謂的『名畫』，是把自己的名字變成世界上獨一無二的一幅畫。**」學校為了讓畢業生對自己有更深刻的了解與期許，要求大家要先查閱自己名字的意義，並加以連結成一幅有象徵含義的圖畫。

「一開始我只想逃避這份作業，『甲由』兩字連結到太多不開心的回憶。但翻開字典後，我發現這兩字各有豐富的字義，它們在我腦海中碰撞出好多點子，鑲嵌出各種有趣的組合。」

甲由指向牆上一幅畫作，那是一名身著戰服的倒立怪勇士，面對眼前分歧的岔路，堅毅的目光投向其中一條，準備動身前行（當然是倒立啦）。

「為了這幅畫，我可是花了好幾個禮拜，放學後就關在房間裡埋首創作呢！」我愈看畫中的勇士，愈感覺到他自信的神采，雖然面容顛倒，那微笑卻像一把上揚的彎弓，發射魅力十足的一箭，命中我心：「請問這幅『名畫』該怎麼解釋呢？」

甲由請個頭最高的劉城知將畫取下，又拆開畫框，把夾藏在畫紙背後的手寫稿交給我：「能不能請你幫我唸一唸呢？」

世界「名」畫

人生就像是一場征途，一路上，我們不只要與一個個新挑戰正面迎戰，也必須和自己的軟弱、失望、貪婪或驕傲等種種弱點對決。

而我的名字—甲由，就像是這場征途最好的祝福。

「甲」是軍人的護身衣物，「由」則代表著途徑。我化身成一名做足準備的勇士，我一身的鎧甲，是由我的機智、勇氣，以及成長過程中累積的經驗與智慧所打造，它無須陽光照射便閃閃發亮，比鋼鐵更加堅韌，能為我擋下險惡，助我安全前行。於是穿上鎧甲的我，即使在密林間出現岔路，也能冷靜判斷。我不慌不急，凝視所選的路途，邁出第一步，這時太陽金色的光束穿越層層枝葉，輝煌灑落，照亮了我前行的方向。

有了名字的守護，我會堅定向前，完成人生這場無悔的征途！

找到滿意的名字

「請問，這裡有字典嗎？」唸完甲由的「世界『名』畫」，我完全理解了甲由為什麼從討厭名字轉變成喜歡——名字的意義、帶來的心理景致是由自己賦予、創造的！先前，我一心尋找新名字，現在，我迫不及待想要查詢「字囧」的意思了。

甲由瞟向櫃臺：「那是不是你忘在雲上的？我看它被準備回家睡回籠覺的雲給扔下來，就先收著了。」

是我的字典！在王希達和劉城知的加油聲中，我用最快的速度查出結果——當然，搗蛋脾性不改的他們，會這麼賣力加油，的確有些故意成分，想看看已經不再討厭名字的甲由會有什麼反應。

甲由笑著搖頭：「難怪吳字囧無法拒絕你們幫他取的綽號，你們兩個實在太耍寶啦！」在甲由、王希達和劉城知浪濤般笑聲中，我心底同樣海潮澎湃——**我的「字」在古代，竟然有「愛」的意思；而「囧」代表窗戶光明、透亮**——我彷彿看見自己的胸口出現一扇明亮的窗，窗內，我的心跳動著對已知事物的喜愛、對未知的關心與好奇，透過窗扇洞察世界。

「我現在好像開始喜歡我的名字了！」我興奮的宣告。這個夏天，我的任務終於達成了！拋開那張窘迫的臉蛋、擺脫寫不出文章的詛咒，改變甲由的「世界『名』畫」，也扭轉了我的想法。吳字囧——我的確找到了滿意的「心」名字，同時，它也是我來自過去、通往未來的名字！

我的世界「名」畫

如何將名字變成一幅「世界『名』畫」呢？不妨參考下列三個步驟，循序漸進讓名字長出意象，成為一幅意義深刻的畫面喔！

A 查詢名字的字義，挑出喜歡的搭配組合（單名也可以試著組合名字的不同解釋），並試著添加上自己的個性、期待，以完整的句型述說組合後的意思。

以「希達」為例：

希 → 渴望

達 → 實現、完成

組合 → 我的名字——希達，代表著全心渴望的夢想，靠自己的力量實現。

B 啟動你的想像力，名字的組合意義在你腦海中浮現什麼畫面呢？

以「希達」為例：

當我書寫我的名字、聽見我的名字被呼喚，心頭的畫面就會更加鮮明。那是在剛下過雨的天空，隨著陽光乍現，一道虹橋劃過天際。彩虹上，一個穿著健行服裝、拄著登山杖的旅人，正步履紮實的踏往彩虹的另一端。沒有人知道彩虹將通往何方，只有懷抱夢想的旅人的心中有著篤定的答案。

C 畫面變得具體後，連結到你的生活、人生，有什麼暗示、提醒或祝福呢？

以「希達」為例：

我的名字提醒著我，懷抱著遠大的夢想，是件美好的事情；而更美好的，是展開行動，將夢想實踐。只要踏實追夢，終有一日，能跨越彩虹，抵達希望之地。

寫作小練習

如果你的名字是一幅世界名畫，你覺得那會是怎樣的畫面呢？試著為自己的名字添加意象？讓你的名字成為具體的畫面，並用短文描寫出來。

怪獸國桌遊彩蛋

小禮物無限大

■前情故事

泰妮的兒童節禮物

剛入四月，跟蹤怪阿巡便接下本月第一件任務——

站在阿巡辦公桌上的小不點怪泰妮興奮說著：「兒童節要來了，我決定送禮物給我的好朋友們！所謂『禮輕情意重』，我想禮物不用大，和送禮人——也就是我——一樣迷你小巧即可。不過，小歸小，禮物還要具備無限大的內涵……」

阿巡聽不出有何可效勞之處，搔搔頭問：「我的偵探專長能幫上什麼忙呢？」

泰妮攤開手中卷軸，長長名單像滔滔長河往桌緣奔流：「我希望禮物貼近大家的喜好和需求，這需要事前調查；但又不希望失去收禮的驚喜感，那麼調查就必須神不知鬼不覺──能做到這件事的，只有會隱身術的阿巡你了！」

跟蹤任務出動！

沒想到，自己隨著環境隱身的能力，連兒童節的「**禮物調查**」都派得上用場，「尾隨專家，唯一神探」的服務範圍真是廣泛。

阿巡答應泰妮：「妳體貼朋友的心意真讓我感動，我也很好奇大家心中『無限大的小禮物』到底是什麼。既然如此，我就把這件任務當作送妳的兒童節禮物，免費幫忙吧！」

阿巡看著送禮名單：黑白獸小歪、吞吞怪咕啾、獨眼怪雙胞胎大大和力力（特別備註：要各準備一份喔！）、尖鼻獸小諾斯、智慧獸威斯頓、噴火怪亂亂、倒立怪甲由和昱音（再次備註：也要各準備一份喔！）、收音獸阿波、害羞獸小曖和大耳（最後一次備註：他們要合送一份，代表夫妻永結同心喔！）。

這麼囉嗦的名單，阿巡還是第一次見到：「等等，這上頭有一半的對象已經不算兒童了吧！」

「這你就不懂了，年紀歸年紀，只要保持活力、想像力和創造力，就永遠是兒童呀！」泰妮年紀雖小，說起話來頭頭是道，阿巡受教的點點頭，將細瘦的雙臂收攏胸前，擺出鬼鬼祟祟的跟蹤架勢，宣布：「那麼就來追蹤第一個對象吧！」

闖關小幫手一起來

黑白獸小歪正在《小怪大想》的編輯室，埋頭校對文稿，阿巡隱身在貼滿便條紙和照片的牆面，這麼複雜的圖案、色彩和質地，讓他花費不少心力維持體色。

編輯室實在太安靜了，小歪一頁讀過一頁，不發一語，阿巡甚至得抓緊翻頁時機，才能換口氣，「居然第一關就這麼不容易，後頭還有好多關呢！」

就在這時，小歪猛力拍了一下桌子，嚇得阿巡差點穿幫。小歪在便條紙上窸窸窣窣寫著，阿巡緩了緩呼吸，輕手輕腳靠近想一探究竟……

到底，小歪寫了什麼，阿巡能順利蒐集到其他怪獸心目中「無限大的小禮物」的線索嗎？就交由你陪他一起闖關蒐集線索，一起動動腦找到最佳小禮物吧！

■規則說明

參與人數：2－12人

需要道具：骰子一顆、計分用的紙筆

遊戲流程：

1. 玩家先認領角色，停在起點：黑白獸小歪、吞吞怪咕啾、獨眼怪雙胞胎大大和力力、尖鼻獸小諾斯、智慧獸威斯頓、噴火怪亂亂、倒立怪甲由、倒立怪昱音、收音獸阿波、害羞獸小曖和大耳。
2. 跟蹤怪阿巡在任務中隱身，所以看不見；玩家如果走到隱身失敗的關卡，將得到一張「現身牌」。
3. 玩家停留在某個角色格，要付給擔任此角色的玩家兩分；但若是停留在自己擔任角色的格子，分數不變。
4. 遊戲結束時，玩家根據線索，每想出一個「無限大的小禮物」答案，加五分。
5. 如果按照骰子數字走會超過終點，則倒退計步。
6. 只要有玩家剛好抵達終點，代表遊戲結束，大家統計分數和「現身牌」張數。
7. 有兩種贏家：

開心送禮王──總得分最多者獲勝

全身而退王──「現身牌」數量為零或最少者獲勝

起點

黑白獸小歪的編輯室

小歪在便條紙上寫下：「小小一篇故事的魅力，在於為讀者帶來無限啟發和想像！」

7

智慧獸威斯頓的書庫

威斯頓打開《世界地圖》，讚歎道：「地圖雖小，卻引領無數旅客展開遠大旅程。」

阿巡在書庫找到一本《超強隱身術》，打算之後進修，玩家可加三分。

2

吞吞怪咕啾的吃到飽餐廳

咕啾拍拍肚子：「只要有好心情，我小小的胃就能裝進數也數不清的食物。」

阿巡撞倒堆成高塔的油條，請領一張「現身牌」。

6

尖鼻獸小諾斯的過敏門診

醫生對小諾斯說：「你只需要一塊小小的口罩，就能發揮無窮功效，保護你不再打噴嚏。」

阿巡差點被小諾斯「聞出來」，請憋氣十秒鐘，憋不住的要領一張「現身牌」。

5

阿巡的辦公室

阿巡決定先冰敷、好好睡個覺再出動，暫停一次。

3

怪獸國邊界山茶花林

阿巡偽裝成一朵山茶花，卻被蜜蜂螫到鼻子，請領一張「現身牌」。

4

獨眼怪雙胞胎的站崗處

大大凝望樹梢花苞：「小巧的蓓蕾，蘊藏著春天無盡的浪漫呀！」

力力眺望遠方：「微小的風吹草動，都包含豐富無比的訊息，必須細心觀察。」

8

噴火怪亂亂的餅乾店

亂亂滿意的看著成品：「誰會知道這無比的好滋味，全靠幾粒細小的香草籽呢！」

阿巡忍不住嘴饞，現身買了一塊香草蛋糕，領一張「現身牌」。

終點

小不點怪泰妮的家

阿巡抵達泰妮家，宣告完成任務，玩家加兩分。

請所有玩家說出想到的「無限大的小禮物」，每個加五分。

阿巡的辦公室

阿巡決定跟朋友分享美味的蛋糕！請移動到某一位玩家的停留處，一起加兩分。

9

害羞獸小曖與大耳的公園涼亭

小曖對大耳說：「就像我們的愛，你一小口，我一小口，只要珍惜的吃著，這塊巧克力永遠吃不完。」

小曖的情話太甜蜜，讓阿巡渾身起雞皮疙瘩，領一張「現身牌」。

13

倒立怪甲由的骨董店

甲由正向客人說明：「不起眼的小物品，背後可是有著說也說不完的故事啊！」

阿巡剛吃完蛋糕不久，就縮在骨董店的角落，引發胃痛，玩家扣一分。

10

12

收音獸阿波的鐘樓

阿波正在保養鐘槌：「感謝你，用小小的身子為居民敲響無限光明的一天！」

阿巡近距離欣賞千尾鳥飛翔的情景。請玩家以揮動雙臂的姿勢，繞著大家跑一圈後，玩家可加一分。

倒立怪昱音的縫紉桌

努力畫設計圖的昱音喃喃自語：「一雙陪主人走千萬里路的好鞋，源自於一個體貼的小細節呢！」

11

阿巡偷偷試穿一雙鞋，尺寸太小。請玩家踮腳走直線二十步，過程中腳跟落地則領一張「現身牌」。

國家圖書館出版品預行編目資料

怪獸國有煩惱 / 許亞歷文；許珮淨圖. -
初版. -- 臺北市：幼獅, 2022.01
面；　公分. --(故事館；86)

ISBN 978-986-449-255-8(平裝)

863.596　　110021890

故事館086

怪獸國有煩惱

作　　者＝許亞歷
繪　　者＝許珮淨
出 版 者＝幼獅文化事業股份有限公司
發 行 人＝李鍾桂
總 經 理＝王華金
總 編 輯＝林碧琪
主　　編＝沈怡汝
編　　輯＝白宜平
美術編輯＝李祥銘
總 公 司＝10045臺北市重慶南路1段66-1號3樓
電　　話＝(02)2311-2832
傳　　真＝(02)2311-5368
郵政劃撥＝00033368

印　　刷＝錦龍印刷實業股份有限公司
定　　價＝320元
港　　幣＝106元
初　　版＝2022.01
二　　刷＝2022.07
書　　號＝984269

幼獅樂讀網
http://www.youth.com.tw
幼獅購物網
http://shopping.youth.com.tw
e-mail:customer@youth.com.tw

行政院新聞局核准登記證局版臺業字第0143號